बहती गंगा

[उपन्यास]

बहती गंगा

शिवप्रसाद मिश्र 'रुद्र'

राधाकृष्ण प्रकाशन

ISBN 978-81-7119-277-9

बहती गंगा (उपन्यास)

पहला संस्करण : 1967
दसवाँ संस्करण : 2019

मूल्य : ₹ 395

प्रकाशक
राधाकृष्ण प्रकाशन प्राइवेट लिमिटेड
जी-17, जगतपुरी, दिल्ली-110 051

शाखाएँ : अशोक राजपथ, साइंस कॉलेज के सामने, पटना-800 006
पहली मंजिल, दरबारी बिल्डिंग, महात्मा गांधी मार्ग, इलाहाबाद-211 001
36 ए, शेक्सपियर सरणी, कोलकाता-700 017

वेबसाइट : www.radhakrishnaprakashan.com
ई-मेल : info@radhakrishnaprakashan.com

मुद्रक
बी.के. ऑफसेट
नवीन शाहदरा, दिल्ली-110 032

BAHATI GANGA
Novel by Shiv Prasad Mishra 'Rudra'

करुणापति त्रिपाठी
और
मुकुन्ददेव शर्मा को

मेरी बात

पूरे एक युग के बाद 'बहती गंगा' का पुनर्प्रकाशन दिल्ली के राधाकृष्ण प्रकाशन द्वारा किया जा रहा है। प्रथम प्रकाशन दिल्ली की ही एक प्रकाशन संस्था ने किया था। दोनों बार श्री ओमप्रकाश ही घटक रहे हैं। मैं उनका कृतज्ञ हूँ, इसलिए कि यदि वे स्वयं ही मुझे खोजते हुए मेरे पास न आते तो मैं कथमपि किसी प्रकाशक के पास न जाता और 'बहती गंगा' अभी तक 'अन्तःसलिला' ही बनी रह जाती; कारण, मैं यह मानता हूँ कि यदि लेखक के लिए प्रकाशक आवश्यक है तो प्रकाशक के लिए लेखक भी। अतः लेखक ही प्रकाशक की दरेदौलत पर हाज़िर होकर क्यों बा-अदब, दस्तबस्ता, लरज़ते पैरों और लड़खड़ाती ज़बान से अपनी दरख़ास्त पेश करे? मुझे इस एकांगी आकर्षण में तनिक भी रस नहीं मिलता और पेशेवर लेखक न होने के कारण अपनी रचनाओं के प्रकाशनार्थ भी मैं आतुर नहीं।

'बहती गंगा' के प्रथम प्रकाशन पर हिन्दी-जगत ने जैसा स्वागत किया और हिन्दी के आलोचकों ने जैसी अनुकूल प्रतिक्रिया प्रकट की, उसका कारण मेरी कला नहीं, मेरा सौभाग्य ही है; कारण, हिन्दी में आलोचना कृति को नहीं, कृतिकार को देखकर की जाती है जिसमें अपने विशेष गुट का सविशेष ध्यान रखा जाता है। मेरे सम्बन्ध में हिन्दी के आलोचक अपनी बँधी परिधि के बाहर गए, 'गुट' का न रहते हुए भी मुझ नगण्य को उन्होंने 'राजसंस्करण' का सम्मान प्रदान किया, इसके लिए उनके प्रति जितनी कृतज्ञता प्रकट करूँ वह कम ही है।

उक्त कृपालु आलोचकों ने यह प्रश्न भी उठा रखा है कि 'बहती गंगा' उपन्यास है अथवा कहानी-संग्रह? इसका निर्णय भी वही करेंगे, उन्हीं का यह काम है, मेरा नहीं। मेरा निवेदन तो इतना ही है कि 'प्रिय-प्रवास' और 'कामायनी' को महाकाव्य के चौखटे में 'फिट' किए बिना क्या उनका महत्त्व स्थापित नहीं किया जा सकता? क्या कथा-साहित्य की विधाएँ कहानी और उपन्यास तक ही सीमित हैं? विधाएँ साहित्य की जननी नहीं हैं; साहित्य ही विधाओं का जनक है।

एक बार उन सभी मित्रों को धन्यवाद देता हूँ जिन्होंने किसी भी प्रकार से इस रचना के प्रस्तुतीकरण में योग दिया है; जैसे ही ईश्वरचन्द्र सिन्हा और श्री रामनारायण ने सचमुच कोंच-कोंचकर यह रचना प्रस्तुत करने के लिए मुझे विवश किया था और काशी नागरी प्रचारिणी सभा के प्रधानमन्त्री श्री सुधाकर पांडेय ने इसके पुनर्प्रकाशन के लिए अपने 'आगा'नुमा तकाज़ों से मेरी नाकों दम कर दिया। सर्वाधिक तकाज़े स्वयं श्री ओमप्रकाशजी ने किए।

अन्त में यह निवेदन भी आवश्यक है कि गत पन्द्रह वर्षों में हिन्दी कथा-साहित्य ने बड़ी उन्नति की है—नई कहानी, अ-कहानी और नए उपन्यास तथा अ-उपन्यास तक; परन्तु कहानी आज भी अपनी ही जगह पर है; जो भी परिवर्तन हुआ है उसकी कला में ही, क्योंकि तथ्य यही है—

'लुत्फ़ है लफ़्ज़ये कहानी में,
शख़्स की हो कि शख़्सियत की हो।'

ज्ञानवापी, वाराणसी **'रुद्र' काशिकेय**
1967

अनुक्रम

गाइए गणपति जगबन्दन

श्रीगणेशाय नमः करते हुए 'विनय-पत्रिका' में जिस समय गोस्वामी तुलसीदास ने 'गाइए गणपति जगबन्दन' लिखा उस समय उन्हें यह कल्पना तक न थी कि 'गणपति' की यह वन्दना किसी राजवंश के संस्थापक के यहाँ दाम्पत्य-कलह और चिर-अभिशाप का कारण बन जाएगी।

1

गढ़ गंगापुर के परकोटे पर अपने सखा और सेनापति पांडेय बैजनाथसिंह के साथ टहलते हुए राजा बलवन्तसिंह ने थाली बजने और ढोलक पर थाप पड़ने की आवाज़ सुनी। गानेवालियों के मुँह से 'गाइए गणपति जगबन्दन' का मंगलगान आरम्भ होते सुना और अनुभव किया कि पुरुष-कंठों से उठे तुमुल कोलाहल में गीत का स्वर अधूरे में ही सहसा बन्द हो गया है। उन्होंने समझ लिया कि रानी पन्ना ने पुत्र-प्रसव करके उन्हें निपूता कहलाने से बचा लिया।

और यह भी जान लिया कि मेरे 'पट्टीदारों' ने अनुचित हस्तक्षेप कर मंगलगान बन्द करा दिया है। उन्हें यह भी प्रतीत हुआ कि उनका

कोई चचेरा भाई काशी की गलियों में निर्द्वन्द्व विचरनेवाले साँड की तरह चिल्ला रहा है, "ढोल-ढमामा बन्द करो। वर्ण-संकरों के पैदा होने पर बधाई नहीं बजाई जाती।" उन्होंने घूमकर कहा, "सुनते हो सिंहा यह बेहूदापन!"

"बेहूदापन काहे का, राजा?" सिंह उपाधिधारी ब्राह्मण-तनय ने व्यंग्यपूर्ण स्वर में कहा, "इन्हीं बाबूसाहब और आपके चाचा बाबू मायाराम का सिर काटकर रानी के पिता ने आपके पास भेजा था; बाबू साहब उसी का बदला ले रहे हैं।"

राजा ने बैजनाथसिंह की ओर साश्चर्य देखकर कहा, "बदला? वह तो तुम्हारे पराक्रम से मैंने पूरा-पूरा चुका लिया। अब स्त्रियों से कैसा बदला?"

"मैं क्या जानूँ, अन्नदाता! आपने जो रास्ता दिखाया है, आपके भाई उसी पर सरपट दौड़ रहे हैं," बैजनाथ ने उस उपेक्षा के भाव से कहा जो उत्सुकता उत्पन्न करती है।

"कुछ सनक गए हो क्या, सिंहा? कैसी बहकी-बहकी बातें कर रहे हो!" राजा ने डाँटने का अभिनय किया।

"बहकता नहीं हूँ, सरकार!" अनुनय-भरे स्वर में सिंहा बोला, "आप ही स्मरण कीजिए, जब डोभी के ठाकुर की गुर्ज से आपका खाँडा दो टूक हो गया था, तो मैंने धर्म-युद्ध के नियमों की परवाह न कर आपके और उसके द्वन्द्व-युद्ध में हस्तक्षेप किया, यों कहिए कि उसे मार डाला। छत्र-भंग होते ही ठाकुर के बचे-खुचे सिपाही भाग निकले। आपने पुरुषविहीन गढ़ी में निर्बाध प्रवेश किया था, सरकार!"

सिंहा की बोली में दर्प गूँजने लगा। राजा को चुप देखकर उसने पुनः कहा, "सामने ठाकुर की पुत्री, यही पन्ना, सिर के बाल बिखेरे, आँखों में आँसू भरे, हाथ से हँसुआ लिए आपका रास्ता रोके खड़ी थी।"

"तुम भी स्मरण करो सिंहा, मुझसे आँख मिलते ही उसके हाथ से हँसुआ छूट गिरा था," राजा ने कहा। जवाब में सिंहा फिर तड़पा, "मुझे स्मरण है, सरकार! आपने उसे गिरफ़्तार करने का हुक्म दिया था। मैंने

आपको रोकते हुए कहा था कि राजा, यह नारी है, इसे छोड़ दीजिए। बाबू साहब ने राजा के बेटे को वर्ण-संकर कहकर ठाकुरों को यही स्मरण कराया है, सरकार!" हाथ जोड़ते हुए अपनी बात समाप्त कर बैजनाथसिंह ने मूँछों पर ताव दिया और फिर उत्तर के लिए विनोदपूर्ण दृष्टि से राजा के मुख की ओर देखने लगा। राजा ने उसकी बात का जवाब न दे एक ठंडी साँस ली और सिर झुका लिया।

बैजनाथसिंह के अधर-प्रान्त पर वक्ररेखा-सी खिंच गई और वह पुनः धीरे से बोला, "पाप के वृक्ष में पाप का ही फल लगता है, राजा!"

"जानता हूँ। केवल यही नहीं जानता था कि विवाहिता पत्नी का पुत्र भी वर्ण-संकर कहला सकता है!"

"ईश्वर की दृष्टि में नहीं, समाज की दृष्टि में!"

"अब चेत हो गया सिंहा, मैंने भारी पाप किया।"

"तो जिसके पैदा होने से चेत हो गया उसका नाम चेतसिंह रखिएगा।"

"किन्तु यह जो उलझन पैदा हुई उसे क्या करूँ?"

"उसे तो समय ही सुलझाएगा, सरकार!"

"मैं भी प्रयत्न करूँगा," राजा ने कहा और वह अठारहवीं शताब्दी की यह समस्या सुलझाते हुए अन्तःपुर की ओर चले।

2

अन्तःपुर में पुरुषार्थी पुरुषों की परुष हुंकार से ढोल बन्द होते ही प्रसूति-पीड़ा से कातर रानी पन्ना के पीले मुख पर स्याही दौड़ गई। उसने विषादपूर्ण दृष्टि से दाई की गोद में आँखें बन्द किए पड़े सद्यःजात शिशु को देखा। उसके सूखे अधरों पर रुदनपूर्ण स्मिति क्षण-भर चमककर उसी प्रकार तिरोहित हो गई जैसे किसी पयःस्विनि की क्षीण धारा

मरुभूमि की सिकताराशि का चुम्बन लेकर उसी में विलीन हो जाती है। उसने उठकर शिशु का रक्ताभ ललाट चूम लिया। उसके हृदय में स्नेह की नदी उमड़ पड़ी, मस्तक में भावनाओं का तूफ़ान बह चला और आँखों से झरने की तरह वारि-धारा फूट पड़ी।

बुद्धिमती दासी चुप रही। तूफ़ान का प्रथम वेग उसने निकल जाने दिया और तब सान्त्वना के स्वर में वह कहने लगी, "क्या करोगी रानी, मन को पीड़ा पहुँचाकर? सोने की लंका तो दहन होती ही है। सहन करो।"

जामुन-जैसी रस-भरी काली आँखें अपनी विश्वस्त दासी की आँखों से मिलाती हुई पन्ना बोली, "वैभव की आग में कब तक जलूँ, लाली? कभी-कभी तो घृणा के मारे मन में आता है कि बग़ल में सोए राजा की छाती में कटार उतार दूँ, परन्तु...।"

"परन्तु...रुक क्यों जाती हो?"

मेरी दृष्टि के सामने वही मूर्ति आ जाती है जिसे देखकर मेरे हाथ का हँसुआ छूट गिरा था। मैं कटार रख देती हूँ। चुपचाप लेटकर आँख मूँद लेती हूँ जिससे वही मूर्ति दिखाई पड़ती रहे।" आँख बन्द करके कुछ देखती हुई-सी पना ने कहा।

"तब तो तुम सुखी हो, रानी!"

"अपमान, उपेक्षा और उत्पीड़न में क्या कम सुख है, लाली! इन तीनों से हृदय में जो दारुण घृणा उत्पन्न होती है वह क्या परम सन्तोष की वस्तु नहीं?" रानी के स्वर में तीव्रता आ गई।

श्रम से हाँफते हुए भी उसने आवेश-भरे चढे गले से कहा, "भला सोचो तो! उस आदमी से मन-ही-मन घोर घृणा करने में कितना आनन्द आता है जो तुम्हें दबाकर, बेबस बनाकर समझता है कि उसके दबाव से तुम उसका बड़ा सम्मान करती हो, उस पर बड़ी श्रद्धा रखती हो।"

विष-जर्जर हँसी हँसती हुई पन्ना थककर चुप हो गई और शय्या पर उसने धीरे से अपनी शिथिल काया लुढ़का दी। रानी के मन में घृणा का यह विराट कालकूट अनुभव करके लाली भी पीली पड़ गई। पन्ना

ने लेटे-लेटे फिर कहा, "इन लोगों ने आज मेरी प्रथम सन्तान के जन्म पर मंगलगान नहीं गाने दिया। गणेशजी की स्थापना होते ही उनकी मूर्ति उलट दी। मैं तुमसे कहे देती हूँ लाली, कि यदि मेरे बेटे को इन लोगों ने राजा न होने देकर मुझे मेरी आजीवन व्यथा-साधना के मूल्य से वंचित किया तो ये वंशाभिमानी तीन पीढ़ी भी लगातार राज न कर सकेंगे। हर दूसरी पीढ़ी इन्हें गोद लेकर वंश चलाना पड़ेगा और तीन गोद होते-होते राज्य समाप्त हो जाएगा।" अपलक नेत्रों से देखती हुई आविष्ट-सी होकर रानी ने अपना कथन समाप्त किया और तुरन्त ही राजा को सामने खड़ा देख वह सशब्द रो पड़ी।

सूतिकागार का परदा हटाकर राजा चौखट पर खड़े थे। उन्होंने सहानुभूति और अनुनय से सम्पुटित वाणी से कहा, "शाप मत दो रानी, मेरे बाद तुम्हारा ही लड़का राजा होगा। क्लेश मत करो।" राजा ने रानी के प्रसूतिपांडुर मुख पर स्निग्ध दृष्टि डाली। वह यह भूल गए कि व्रण के दाह को शीतल करनेवाला घृत आग में पड़कर उसे और भी दहका देता है। उन्होंने भ्रमवश समझ लिया था कि रानी उनके अत्याचारों की चोट से जर्जर है। इसीलिए वह उस पर मधुर वचनों का लेप लगाने आए थे। वह नहीं जानते थे कि रानी अपमान की आग में जल रही है। अतः उन्हें यह देखकर आश्चर्य हुआ कि रानी की मुख-मुद्रा सहसा सघन गगन-सी गम्भीर हो गई, मुख लाल हो उठा, आँखों से चिनगारियाँ-सी छूटती प्रतीत हुईं। सहानुभूति के चाबुक का आघात रानी सह न सकी। उसने आवेश में कहा, "जले पर नमक न छिड़को, राजा! जिसके जीते उसके बेटे के जन्म पर गाया जानेवाला मंगलगान लोग रोक सकते हैं वे लोग बाप के मर जाने पर बेटे को राजा न जाने कैसे बनने देंगे! साहस हो तो अधूरी वन्दना पूरी कराओ, राजा!"

"कुटुम्बियों से ही मेरा सैनिक बल है, रानी! राजनैतिक कारणों से...।"

"चुप रहो। देखूँ, कब तक तुम लोग राजनीति के नाम पर नारी के गौरव और हृदय की बलि चढ़ाते हो!"

"रानी!" राजा ने कुछ धमकी-भरे स्वर में कहा।

"मैं न डरूँगी, राजा!" रानी वैसे ही उद्धत स्वर में बोलती गई, "मैं न डरूँगी! तुम्हारी राजनीति रानी के गर्भ से राजकुमार के जन्म पर बधाई-वादन रोक सकती है, परन्तु माता को अपने पुत्र के जन्मोत्सव पर मंगलगान करने से न तुम रोक सकते हो, न तुम्हारे कुटुम्बी रोक सकते हैं और न तुम्हारी राजनीति ही रोक सकती है। समझे! मैं बधाई गाती हूँ। बुलाओ अपने भाइयों को, रोकें!" कहते-कहते जैसे किसी स्वजन की मृत्यु पर लोग छाती पीटते हुए रोते हैं वैसे ही दोनों हाथों से अपनी छाती धड़ा-धड़ पीटती हुई रानी चिल्ला-चिल्लाकर विक्षिप्तों के समान गाने लगी—"गाइए गणपति जगबन्दन! गाइए गणपति जगबन्दन!!"

घोड़े पै हौदा औ हाथी पै ज़ीन

"का गुरु! पालागी!" लोटन बहेलिये ने नागर गुरु को कबीर चौरा की ओर से आते देख हाथ जोड़कर कहा।

"मस्त रहऽ!" नागर ने आशीर्वाद देते हुए लोटन के पीछे देखा कि पीठ पर हौदा लिए एक घोड़ा और ज़ीन-कसा एक हाथी खड़ा है। उन्हें राजा के पच्चीस-तीस सिपाहियों ने घेर रखा है। उसने लोटन से पूछा, "का हाल-चाल हौ? ई कैसन तमासा बनउले हौअऽ?"

लोटन नागर के समीप बढ़ आया और हँसकर धीरे से बोला, "राजमाता कऽ हुकुम हौ, अउर का? सुनलऽ कि नाहीं, कम्पनी बहादुर भाग गैल?"

नागर की उत्सुकता बढ़ गई। उसने लोटन का हाथ थामकर, जहाँ आजकल ज्ञानमंडल-यन्त्रालय का भवन है, वहीं बने एक चबूतरे पर बिठा दिया। नगर में चारों ओर सन्नाटा छाया हुआ था। दो दिन से तरह-तरह की अफ़वाहें उड़ रही थीं। राजा चेतसिंह से जुरमाना वसूल करने के लिए वारेन हेस्टिंग्स स्वयं कल कलकत्ता से काशी आया था। राजा-प्रजा सभी घबराए हुए थे। राज्य की सेना अकर्मण्य होकर हाथ-पर-हाथ धरे बैठी थी और नगर-निवासी निरुत्साह थे।

चबूतरे पर बैठकर लोटन ने धीरे-धीरे धीमे स्वर में नागर को बताया कि सबके घबराए रहने पर भी राजमाता पन्ना ने अपना दिमाग़ कैसे ठीक

रखा। ग़ली-ग़ली में लड़ाई के लिए उन्होंने सब महाजनों को बुलाकर किस तरह अपने घरों में दस-दस, बीस-बीस सिपाही छिपा रखने के लिए राज़ी किया और किस तरह इन तैयारियों की ख़बर पाकर वारेन हेस्टिंग्स रातोंरात चुनार भाग गया! हाथ की उँगली से सामने इशारा करते हुए उसने कहा, "अब न पता चलल, गुरु! सहेबवा वही भूसावाली कोठरी में लुकल रहल। जब हम ई खबर राजमाता के देहली त ऊ कहलिन कि बस यही मौका हौ। हाथी पर जीन कस दऽ अउर घोड़ा पर हउदा, जेम्में मालूम होय कि सहेबवा घबराय के भागल हौ। एतनै से बनारसिन के फेर जोस आय जाई। सुनऽन गुरु, लड़िकवा का चिल्लात हौ अन! अउर ओहर देखऽ लबदन सहुआ आपन बाल-बच्चा लेहले कहाँ जात हौ! एसारे के हियाँ गइली तो कहवाय देलस कि घरे नाहीं हौअन। तनी पूछीं कि घरे नाहीं रहल तऽ अब आय कहाँ से गयल?" लोटन चबूतरे से कूदा। नागर ने भी उसका अनुकरण किया।

इतने में बेलगाम घोड़ी की तरह चंचल और गुलाब के फूल-सी रंगीन, छरहरी सहुआइन ने ज़ेवरों की पिटारी और भी ज़ोर से बग़ल में दबाते हुए बिजली की तरह चमककर कहा, "मर किनौना!"

माँग और माथे पर सिन्दूर की मोटी-सी तह जमाए और सिर पर आवश्यक वस्त्रादि से भरी कम्बल की गठरी उठाए, हथिनि-सी भारी-भरकम बड़ी सहुआइन ने मेघगर्जन किया, "बज्जर परै!"

बड़ी सहुआइन के बीस-वर्षीय रोग-कातर पुत्र सुदीन और छोटी सहुआइन की नौ-वर्षीया पुत्री 'गौरा' ने क्षितिज के दो छोरों की तरह अपनी माताओं की प्रतिध्वनि की और 'तमाखू के पिंडा' उनके पिता लबदन साब 'रह तो जा, सारे' कहते हुए उन लड़कों पर बरस पड़े जो जुलूस बनाए चिल्लाते जा रहे थे–

'घोड़े पै हौदा औ हाथी पै ज़ीन
जल्दी से भाग गैल – !'

सपरिवार सावजी इससे अधिक नहीं सुन सके। उन्होंने समझा कि लड़के उन पर व्यंग्य कर रहे हैं; ज़ेवर की पिटारी को हौदा और कम्बल

को ज़ीन बताकर उनकी पत्नियों को घोड़ी और हथिनी कह रहे हैं। सावजी ने मन-ही-मन बिना सुने ही लड़कों के नारों की अधूरी पंक्ति भी पूरी कर ली थी। उन्हें विश्वास हो गया था कि 'जल्दी से भाग गैल' के बाद 'लबदन सुदीन' ही है। वह सचमुच घर छोड़कर भाग भी रहे थे। व्यंग्य सोलह आने सही समझकर उन्हें क्रोध हो आया। वह जुलूस में सबसे पासवाले एक छोटे-से लड़के पर हाथ का डंडा चला बैठे और एक हाथ चलाने के बाद चबूतरे की टेक लेकर हाँफने लगे। लकड़ी आते देख लड़का छलका, फिर भी छोर छू जाने से छिलोर-सी लग गई। सावजी को पागल समझकर उधर लड़का हँसने लगा और इधर सावजी साँड की तरह डकराकर रो पड़े।

उनके गाल पर करारा तमाचा पड़ा था। हिलते हुए दो दाँत बाहर छिटक पड़े थे। मुँह से रक्त की क्षीण धारा-सी बह रही थी। उन्होंने आँख उठाकर देखा कि नागर गुरु सामने खड़े पूछ रहे हैं, "लड़िका के काहे मरले! बोल!"

"ए सारे से पूछऽ कि ई भागत काहे रहल?" लोटन बहेलिये ने कहा।

लबदन साव विकट संकट में पड़े। आज उनकी सालगिरह क्या आई कि ख़ासी 'गरह-दसा' आ गई। सवेरे से ही घर में जो किचकिच चली उसने साँझ होते-होते यह रंग दिखाया। उनका लड़का 'फिरंग रोग' से पीड़ित था। उसके मुँह में छाले पड़ गए थे। सावजी 'फिरंग रोग' का अर्थ नहीं जानते थे, परन्तु सन्देह करते थे कि यह रोग कैसा होता है और यह भी समझते थे कि है वह बहुत ही घृणित। इसलिए सवेरे आँख खुलते ही बेटे का मलिन मुख देख उनका जी खट्टा हो गया। उन्होंने क्रोध से घूरते हुए बेटे को देखा। बेटे ने समझा कि पिता इशारे से उसका हाल पूछ रहे हैं। उसने विश्व की सारी करुणा अपनी मुख-मुद्रा में बटोरते हुए पिता की सहानुभूति प्राप्त करने के लिए रुँधे हुए गले से कहा, "बाबू, थूकत नाहीं बनत; बड़ा कष्ट हौ।"

मन की सारी घृणा और क्रोध को पिघले सीसे-सी प्रतप्त वाणी में घोलते हुए बाप ने उत्तर दिया, "तोसे थूकत नाहीं बनत तऽ नाहीं सही। दुनिया तो तोरे मुँह पर थूकत हौ।"

बेटे ने यह जवाब सुना तो मुँह बनाकर वहाँ से हट गया। परन्तु उसकी जननी ने, जो पास ही बैठी मसाला पीस रही थी, इतनी ही बात पर महाभारत मचा दिया; ऐसे पैने-पैने वचन-बाणों की वर्षा आरम्भ कर दी कि सावजी का कलेजा जर्जर हो उठा। उन्होंने जलकर कहा, "कलमुँही, भैंस! बिहाने-बिहाने काने के जड़ी चरचराए लगल।"

बड़ी सहुआइन ने भी उसी वज़न में जवाब दिया, 'निगोड़ा, कुक्कुर, निरबसा, बिहाने-बिहाने लड़िका के कोसै लग गयल। जे बिहाने एकर नाँव ले ले, ओके दिन-भर अन्नकऽ दरसन न होय!"

बात कुछ अंश तक सही थी। साव के सूमपन के कारण वास्तव में लोग सवेरे उनका नाम नहीं लेते थे। इसीलिए सहुआइन की यह बात उनके कलेजे में बरछी की तरह चुभ गई। वर्षगाँठ का झमेला न होता तो वह कुछ उत्तम-मध्यम किए बिना कदापि न मानते। परन्तु पूजन के समय दोनों पत्नियों के साथ ग्रन्थि-बन्धन आवश्यक था। अतः बड़ी सहुआइन के मुँह फुलाने की आशंका से उनके हाथ-पैर फूल गए। उन्होंने कड़वे काढ़े-सा अपमान का प्याला पीते हुए भी पत्नी को मनाना आरम्भ कर दिया। छोटी सहुआइन ने भी आकर सपत्नी को समझाया, "आखिर कहलन तऽ अपने बेटवा के न, कोई पराए के तो नाहीं! जाए दऽ!"

अन्ततः बड़ी सहुआइन शान्त हुईं। घर का वातावरण पुनः साधारण हुआ। सावजी पूजा-पाठ के फेर में पड़े। नगर में दो दिन से हड़ताल रहने के कारण बेचारे नवग्रह-पूजन और हवन की सामग्री भी न मँगा पाए थे। पड़ोसियों से माँग-जाँचकर किसी तरह सामान भी जुटाया तो पंडित ने पूजा करने आने से इनकार कर दिया। कहला भेजा, "नगर की स्थिति ठीक नहीं है, राजा अपने ही महल में बन्द है, मलिच्छों की सेना सड़क पर चक्कर लगा रही है। मैं ऐसा घनचक्कर नहीं कि चौखट के बाहर पैर रखूँ। यदि प्राण संकट में डालकर जाऊँ भी तो 'सीधा' तो डेढ़ दमड़ी का मिलेगा न!"

साव ने जो यह बात सुनी तो उनके भी छक्के छूट गए। वह स्वयं अनगढ़, अनवसर और बेहूदी वार्ता को ही खरी-खरी कहना समझते थे।

उन्होंने जो पंडितजी का निखरा-निखरा सन्देश सुना तो खरा बोलने का उनका हौसला पस्त हो गया। उधर छोटी सहुआइन को पंडित के उत्तर से अपना सौभाग्य-सूर्य अस्त होता हुआ प्रतीत हुआ। वह अस्त-व्यस्त हो उठीं। साव की तम्बाखू के पिंड-जैसी काली और स्थूल काया से आग की रेखा के समान सटते हुए उन्होंने गद्‌गद गले से कहा, "तोहई न रहबऽ तऽ धन रह के का कारी? दूसरा पंडित बोलावऽ।"

पाँच पैसे का 'सीधा' देने का वचन देने पर दूसरा पंडित आया। दोनों पत्नियों के साथ गाँठ बाँधकर साव ने सावधानी से मन्त्र पढ़ते, दक्षिणा के स्थान पर जल चढ़ाते, पूजा समाप्त की। हवन आरम्भ हुआ। घी की कमी से आग दहक नहीं रही थी। गौरा पंखे से आग सुलगा रही थी। सहसा चिनगारियाँ उसके हाथ और मुँह पर आ पड़ीं। सबके मुँह से सहानुभूतिसूचक ध्वनि हुई, परन्तु सावजी ने हँसते हुए छोह-भरी वाणी में कहा, "बिटिया, एक चिनगारी में तो तू धीरज छोड़ देहलू। जब सती होएके होई तब तू का करबू?"

पंडित हक्का-बक्का होकर साव का मुँह निहारने लगा। गौरा बिना कुछ समझे हँसने लगी, परन्तु उसकी माँ का जी जलने लगा। बाहरी आदमी के सामने लड़ तो सकती नहीं थी; उसने झनककर साव के दुपट्टे से अपनी चादर की गाँठ खोल दी और चमककर खड़ी हो गई। साव भी अपनी भूल समझ गए, पर तीर हाथ से छूट चुका था। वह असहाय की तरह छोटी सहुआइन का मुँह निहारने लगे। बड़ी सहुआइन ने सौत का हाथ पकड़कर खींचते हुए कहा, "आखिर कहलन तऽ अपनै बिटिया के न! कोई पराए के तऽ नाहीं? जाए दऽ।" और खुली गाँठ फिर से बाँध दी।

छोटी सहुआइन ने वक्र-दृष्टि से सौत को देखा, परन्तु कुछ बोली नहीं। हवन बिना और किसी दुर्घटना के समाप्त हो गया। परन्तु साव के सिर की गर्दिश अभी तक समाप्त न हुई थी। वह भोजन करने बैठे कि लोटन बहेलिये ने गली में से आवाज दी, "सावजी हो, हे लबदन साव!"

लबदन साव ने झरोखे से नीचे झाँका। देखा कि राजा चेतसिंह का अंगरक्षक लोटन बहेलिया ज़री की डोरी पड़ी और सोना-जड़ी कत्तीदार पगड़ी सिर पर रखे, हरा अंगरखा पहने, कमर में गुलाबी फेंटे से तलवार फँसाए, हाथ में फरसा लिए उन्हें आवाज़ दे रहा है। उन्होंने धीरे से गौरा को बुलाकर कहा, "बिटिया, कह दे, बाबू घरे नाहीं हौअन!" उसने सिर निकालकर पिता की बात दोहरा दी।

"लौटैंतऽ कह दिहे ड्यौढ़ी पर आवैं। राजमाता कऽ हुक्म हौ।" बहेलिये ने कहा और पैर आगे बढ़ाया। राजमाता के इस सन्देश में साव को अनभ्र वज्रपात की ध्वनि सुनाई पड़ी। उन्हें आशंका हुई कि यह बुलाहट उनसे रुपया ऐंठने के लिए हुई है। वह चिन्ता में पड़ गए।

लबदन साव ने 'रामदाने कऽ लेडुआ पैसा में चार' की बानी बोलते हुए काशी की गलियों में घूम-घूमकर व्यापार आरम्भ किया था और कौड़ी-कौड़ी जोड़कर नखास पर हलवाई की दुकान खोली थी। ज्यों-ज्यों उनका उदर स्फीत होता गया त्यों-त्यों बाज़ार में उनकी दर चढ़ती गई और वह दमड़ी पर चमड़ी निछावर कर बैठे। उसी पैसे पर राजा की दृष्टि लगी देख वह बिल्कुल ही घबरा उठे। छोटी सहुआइन ने उन्हें सान्त्वना दी, संकट से बचने का रास्ता बताया और कहा, "घबड़ैले काम न चली। रुपया-पैसा जमीन में गड़ल हौ, ओकर कउनो चिन्तै नाहीं। दूर चारठे गहना जउन उप्पर हौ ओके ले लऽ अऊर कुछ कपड़ा-लत्ता संघे बान्ह लऽ। चल् चलऽ हमरे नइहर। ई आफत पटाय जाई तऽ लउट आए।"

साव को बात पसन्द आ गई। वह बोरिया-बँधना बाँध अपनी ससुराल कर्ण-घंटा की ओर चले। परन्तु रास्ते में यह कांड हो गया। उन्होंने समझ लिया कि अब जान किसी प्रकार नहीं बचती। इसलिए बहेलिये की बात सुनकर उन्होंने आँसू-भरी दृष्टि से एक बार नागर की ओर देखा और फिर लाठी की तरह सीधे उन दोनों के चरणों पर गिर पड़े।

नागर को दया आ गई। परन्तु उसने कर्कश स्वर में पूछा, "बोल, बोल, लड़िका के काहे मरले?" साव ने पड़े-पड़े ही हाथ जोड़कर उत्तर

दिया, "हमारा तनिकौ दोष नाहीं हौ, गुरु? हमरे भागै पर लड़िकवा हमार हँसी उड़ावत रहलन।"

"तोहार हँसी उड़ावत रहलन?" नागर ने आश्चर्य में पड़कर पूछा। वह समझ ही नहीं पा रहा था कि वारेन हेस्टिंग्स के पलायन की बात से साव की हँसी कैसे उड़ाई गई! साव ने लज्जावश अपनी पत्नियों के सम्बन्ध में घोड़ी और हथिनि-विषयक अपनी कल्पना पर परदा डाल दिया। केवल इतना ही कहा, "तोहऊँ तऽ सुनत रहलऽ, गुरु! लड़िकवा का कहत रहलन?"

"का कहत रहलन, तोहई कहऽ," नागर बोला।

झेंप-भरी दृष्टि से इधर-उधर देखते हुए साव ने इतना ही कहा, "ले अब का कहीं! लड़िकवा यही तऽ कहत रहलन–

'घोड़े पै हौदा औ हाथी पै ज़ीन
जल्दी से भाग गइलै लबदन सुदीन।' "

नागर और लोटन दोनों ठठाकर हँस पड़े। नागर ने कहा, "धत्तेरी की! साहु का समझऽला कि जीनकऽ तुक सुदीन के सिवा अउर कुछ होई नाहीं सकत। जा भाग हियाँ से!" नागर ने साव को ठोकर लगाई और स्वयं आगे बढ़ा। लड़कों की भीड़ ने नारा लगाया–

"घोड़े पै हौदा औ हाथी पै ज़ीन
जल्दी से भाग गैल वारेन हेस्टीन।"

सावजी ने मुँह बनाकर कहा, "ऐं!"

नागर नैया जाला कालेपनियाँ रे हरी

1

तलवारिया दाताराम नागर को जब बीस वर्ष कालेपानी-निवास की सज़ा सुनाई गई तब वारंट के नागपाश से मुक्त उनके संगी-साथी और चेले-चपाटे रो पड़े। उन बहादुरों का पत्थर-जैसा कलेजा भी हिल गया और हिचकियाँ बँध गईं। हथकड़ी और डंडा-बेड़ी से कसा हुआ नागर का छरहरा बदन लौह-बन्धन की परवाह न कर लाठी की तरह सीधा तन गया। उसकी आँखों के डोरों की ललाई और भी तन गई। उसके पतले होंठों पर घृणा-भरी मुसकान फैल गई और उसने न्यायाधीश की ओर आँखें तरेरकर देखा। जज से आँखें चार हुईं और नागर की आँखों की ज्वाला सह न सकने के कारण उसने आँखें नीची कर लीं। वह होंठों में ही बुदबुदाया, "बहादुर आदमी है!" पर नागर ने उसकी बात न सुनी। उसकी निगाह अपने मित्रों और चेलों की ओर घूम गई थी। उसने उन पर क्रोधपूर्ण दृष्टि डाली और गरजकर कहा, "नामर्दों की तरह रोते क्यों हो? बीस बरस ब्रह्मा के दिन नहीं हैं, चुटकियों में उड़ जाएँगे। जाओ, बाबाजी से कह देना कि अब हमारे घर-द्वार का भार उन्हीं पर है। और मिर्ज़ापुरवाले बाबाजी से कहना कि सुन्दर की खोज-खबर लेते रहेंगे। जाओ!"

उस्ताद का आदेश पाकर भारी मन और भीगे नयन लिए नागर के चेले अदालत के कमरे से बाहर निकले। नागर एक बार पैर के पंजों पर खड़ा हो गया; सारी नसें कड़कड़ाकर बोल उठीं। उसने अपना शरीर ज़रा दाहिने-बाएँ हिलाया और उसके भुजदंडों पर मछलियाँ तैर गईं; बेड़ी झनझनाई और वह बँधे हुए शेर की तरह झूमता बरकन्दाज़ों के आगे-आगे चल पड़ा।

2

सन् 1772 की काशी अपने गुंडों के लिए प्रसिद्ध थी। वारेन हेस्टिंग्स द्वारा काशी राज्य की लूट के बाद जब विदेशी शासन ने वीरों को अपनी तलवारें कोष में ही रखने के लिए विवश किया, तब उनके लिए सिंह-वृत्ति ग्रहण करने के अतिरिक्त और मार्ग न रहा। राजा चेतसिंह की दुर्दशा देखकर जिस समय काशी अचेत होने लगी तब उनके नालायक़ बेटे, जो गुंडे कहलाते थे, सचेत हुए और उन्होंने विदेशी 'मलिच्छ' के प्रति घृणा का व्रत लिया। ऐसे लोगों में दाताराम नागर और भंगड़ भिक्षुक प्रमुख थे। अलईपुर में, जहाँ आज छुतहा अस्पताल है, उसी के समीप 'ऐतरनी-बैतरनी' तीर्थ के बगीचे में भंगड़ भिक्षुक का कुआँ था। बाग़ तो अब नहीं रह गया है पर कुआँ अब भी मौजूद है। वहीं नागर का अखाड़ा भी था। वहाँ उन्हीं जैसे लोग एकत्र होते और फ़िरंगियों तथा उनके सहायकों को क्षति पहुँचाने की योजनाएँ बनाई जातीं। बनारस में शम्भूराम पंडित, बेनीराम पंडित, मौलवी अलाउद्दीन, कुबरा और मुंशी फ़ैयाज़ अली तथा मिर्ज़ापुर में अंग्रेज़ों की ओर से ठेकेदार बनकट मिसिर अंग्रेज़ों के प्रमुख सहायक थे। कुबरा तो राजा चेतसिंह के पलायन के समय ही बाबू ननकूसिंह नजीब द्वारा मारा जा चुका था। बेनीराम और शम्भूराम गुंडों के

भय-वश घर के बाहर बहुत कम निकलते। परन्तु मुंशी फ़ैयाज़ अली बनारस के नायब और बनकट मिसिर मिर्ज़ापुर में रहने के कारण अपने को ख़तरे से बाहर समझते थे। नागर के मित्रों की राय हुई कि पहले मिसिर से ही निबट लिया जाए। नागर ने अपने भाई श्यामू और बिट्ठल को मिसिर के पास भेजकर कहलाया कि अगली पूर्णिमा को ओझला के नाले पर आपको भाँग छानने का न्योता है। मिसिर ने निमन्त्रण स्वीकार कर कहला भेजा कि भोजन-पानी का प्रबन्ध मेरी ओर से होगा।

3

जेल की काल-कोठरी में पड़ा-पड़ा नागर अपने जीवन का हिसाब-किताब जोड़ रहा था। उसे विश्वास था कि झाँसीवाले हिम्मत बहादुर राजा अनूपगिरि गोसाईं के पुत्र उमरावगिरि के काशी में रहते उसके परिवार को कोई कष्ट न होने पाएगा और मिर्ज़ापुर में गोसाईं जयरामगिरि सुन्दर को खाने-पहनने का कष्ट न होने देंगे।

सुन्दर का स्मरण होते ही उसे ओझला के नालेवाली घटना भी याद हो आई। मिसिर अकोढ़ी बिरोही के सौ लठैतों को लेकर आया था। नागर भी अपने भाइयों, मित्रों और शिष्यों की पलटन के साथ वहाँ पहले से ही पहुँच चुका था। एक ओर पचीसों सिल-बट्टे खटक रहे थे; दूसरी ओर कढ़ाइयों में पूड़ियाँ छन रही थीं। भाँग-बूटी छानने और खाना-पीना हो जाने के बाद चाँदनी रात में दोनों दलों में जमकर भिड़न्त हुई। बीच-बीच में मिसिर चिल्ला उठता था, "भगवती विंध्यवासिनी की जय!" साथ ही नागर की ललकार उसकी ध्वनि से जा टकराती, "जय भगवान हाटकेश्वर की!" दोनों ही अपने-अपने गिरोह से बाहर आकर एक-दूसरे से भिड़ने का हौसला रखते थे।

अन्त में दोनों एक-दूसरे के सामने आ भी पड़े। नागर ने खाँडा चलाया; मिसिर ने अपनी लाठी पर वार झेला। खाँडे के पानी में लाठी तिनके-सी बह गई। मिसिर पीछे हटा, पर नागर रपेटता गया। तब मिसिर घूमा और भाग चला। नागर ने उसका पीछा किया। चाँदनी रात होने के कारण मिसिर नागर की दृष्टि से ओझल न हो पाता था। सहसा दाताराम ने सोचा, 'भागते शत्रु का पीछा करना अधर्म है।' वह ठुमक गया।

शृंखलाबद्ध नागर की बेड़ियाँ खनखनाईं और अपने जीवन का यह गौरवपूर्ण अध्याय पढ़ते-पढ़ते उसकी छाती गर्वस्फीत हो उठी। काल-कोठरी के मच्छर उसका खून पीते-पीते तृप्त हो चुके थे, इसलिए उनका सामूहिक आक्रमण बन्द हो गया था। फलतः, बन्दी नागर की आँखें लग गईं। परन्तु जाग्रतावस्था के विचार निद्रा में भी स्वप्न बनकर उसके मस्तिष्क में मँडराते रहे। उसने सपना देखा–

वह मिसिर का पीछा छोड़कर लौट रहा है। आधी रात का समय है। चाँदनी सोलहों कला से खिली हुई है। नाले के उस पार बबूल पर बैठा हुआ घुग्घू रह-रहकर चिल्ला उठता है। शिकार की आशा में एक ही पैर पर शरीर का भार देकर खड़े बगुले के सफ़ेद परों पर ज्योत्स्ना बिखरी पड़ रही है। स्निग्ध आलोक में पैरों के नीचे पीली मिट्टी उष्ण निःश्वास के साथ ही कठोरता छोड़कर शीतल और कोमल हो गई है। नागर ने अनुभव किया कि नीरव रात्रि की निस्तब्धता, तीव्र ज्योत्स्ना, दूर प्रसुप्त वनस्थली और चतुर्दिक् फैली पीली मिट्टी ने सारे वातावरण को जैसे पांशुमुख रुग्ण शिशु के समान करुण बना दिया है। साथ ही उसने यह भी देखा कि सामने टीले से सटकर सफ़ेद गठरी-सी कोई वस्तु पड़ी है। उसने निगाह जमाकर देखा–मालूम हुआ कि वह कोई अवगुंठनावृत्त नारी-मूर्ति है।

नागर के शरीर के रोएँ भरभरा उठे, शरीर काँप गया और वक्षस्थल के नीचे हृत्पिंड ने एक बार अत्यन्त द्रुतगति से चलकर स्नायुमंडल को छिन्न-भिन्न-सा कर दिया। उसकी शून्य दृष्टि घूमती हुई अपने हाथ के

खाँडे पर पड़ी। खाँडे की चमक आँख में उतर आई। उसे स्मरण हो आया कि लोहे के सामने प्रेत नहीं ठहरते। उसने खाँड़ा सँभाला और आगे बढ़ा। उसे पास आते देख नारी-मूर्ति उठ खड़ी हुई और उसने लज्जा, संकोच, भय और दुविधा-भरी दृष्टि नागर पर डाली। नागर ने भी उसे भरी-आँख देखा और आँखों से ही उसका परिचय पूछा। नागर की पौरुष-भरी मूर्ति देखकर वह कुछ आश्वस्त-सी हुई।

नागर की नोकदार, झीनी, काली, ऊपर की ओर मरोड़ी हुई मूँछें, कमर में एक ओर बिछुआ और दूसरी ओर खोंसी कटार, लम्बा, छरहरा, कमाया हुआ शरीर, पट्टेदार घुँघराले बाल और डोरा-पड़ी रतनार आँखें देख उसका संकोच जाता रहा। अत्यन्त प्रगल्भा की तरह उसने हँसकर नागर का हाथ थाम लिया। नागर के शरीर में बिजली दौड़ गई। रक्त-स्रोत के आलोड़न से उसके शरीर की मांसपेशियाँ सनसना उठीं। उसने उसे स्नेहार्द्र प्रलुब्ध दृष्टि से देखा। उसके भी हाथ उठे और उसने ज्योत्स्ना-स्नात सुरापूर्ण पात्र के समान मदिर उस रमणीय स्त्री के कमनीय कलेवर को अपनी ओर खींचा। रमणी खिंचने का उपक्रम कर ही रही थी कि नागर चौंका और उसका हाथ छोड़ते हुए उसने हलके झटके से अपना हाथ भी छुड़ा लिया। नारी गिरते-गिरते बची।

नागर को सहसा अपने पिता के वचन स्मरण हो आए थे जो उसे वीर-व्रत में दीक्षित करते समय उसके पिता ने कहे थे--'बेटा! इस व्रत का धारण करनेवाला पर-स्त्री को माता समझता है।' और उसके पिता वह व्यक्ति थे जिन्होंने नागर ब्राह्मणों के कुलदेवता भगवान हाटकेश्वर की स्थापना काशीजी में की थी। उसने तड़पकर पूछा, "तू कौन है?"

"ऐसे ही पूछा जाता है?" नारी ने उलटे प्रश्न किया। नागर दो क़दम पीछे हटा। नारी के समक्ष कभी परुष न होनेवाला उसका हृदय स्वस्थ होते ही पुनः स्निग्ध हो गया था। उसने हताश-से स्वर में कहा, "अच्छा भाई, तुम कौन हो?" नारी हँसी, उसने उत्तर दिया, "पहले एक प्रतिष्ठित ठाकुर की कुँवारी कन्या थी, अब किसी की रखैल कसबिन हूँ।"

"ऐसा कैसे हुआ?" नागर ने पूछा।

''वैसे ही जैसे यहाँ आते-आते तो तुम मर्द थे, पर यहाँ आते ही देवता बन गए।''

''तुम्हें कसबिन किसने बनाया?''

''सब मिसिर महाराज की किरपा है। साल-भर हुआ, मैं अपनी बारी में आम बीन रही थी जहाँ से मिसिर ने मुझे उठवा मँगाया और कसबिन से भी बदतर बनाकर रख छोड़ा है।''

''इस बखत यहाँ कैसे आई हो?''

''सुना था, आज मिसिर से किसी की बदी है। देखने आई थी कि मिसिर का गला कटे और मेरी छाती ठंडी हो।''

''अब क्या?''

''क्या कहूँ? भागती बखत मिसिर ने मुझे यहाँ देख लिया है। अब बड़ी दर्दुसा से मेरी जान जाएगी। तुम्हारी सरन हूँ, रच्छा करो।''

नागर ने दो मिनट कुछ सोचा, फिर बोला, ''तुम नारघाट चली जाओ। वहीं घाट पर मैं तुमसे मिलूँगा।''

रमणी फिर हँसी। नागर मुसकरा उठा।

कठोर भूमि पर पड़े क़ैदी ने करवट बदली। उसके जेल-यातना-पीड़ित मुख पर मधुर मुसकान दौड़ गई। स्वप्न ने करवट ली। नागर ने देखा, रमणी को विदा करके वह पुनः चलने लगा। सामने रास्ता एक घाटी में होकर जाता था, जो इतना सँकरा था कि उसमें एक समय एक ही व्यक्ति के चलने का अवकाश था। नागर ने देखा, मिसिर भी लौट रहा है और घाटी में आगे-आगे जा रहा है। नागर की आहट पाकर भी वह पीछे न घूमा, बढ़ता ही चला गया।

''ठहरो, मिसिरजी!'' नागर ने आवाज़ दी।

''चले आओ, नागर!'' बिना घूमे ही मिसिर ने जवाब दिया। नागर ने उसके स़ाहस पर विस्मित होकर फिर कहा, ''मिसिरजी, तुम खाली हाथ हो और मैं हथियारबन्द हूँ। कहीं पीछे से हमला कर दूँ, तब?''

मिसिर ठठाकर हँस पड़ा। फिर बोला, ''मालूम है तुम गुंडे हो, ऐसा छोटा काम कभी कर ही नहीं सकते।''

नागर सरल आनन्द से आप्लावित हो उठा। फिर पूछा, "तब मैदान से भागे क्यों थे?"

"तुम मेरी लाठी टूटी देखकर भी जोश में आगे बढ़े आ रहे थे। तुम भूल गए थे कि निरस्त्र शत्रु पर वार नहीं करना चाहिए।"

"लेकिन मिसिरजी, तुमने काम बहुत खराब किया है। एक तो अपना देश फिरंगियों के हाथ बेच दिया। उस पर एक कुँवारी कन्या की इज्जत भी उतार ली है। तुम्हें हमसे लड़ना ही पड़ेगा।"

"मैं तो अब भी खाली हाथ हूँ, भाई!"

"इससे क्या, मैं भी खाँडा रखे देता हूँ। मेरे पास बिछुआ और कटार भी हैं। इनमें से एक तुम ले लो। बस यहीं निबट जाए।"

स्वप्न में युद्ध के घात-प्रतिघात के साथ ही उसके मुख पर भी विभिन्न रेखाएँ बन और बिगड़ रही थीं। उसने वैसी ही दीर्घ साँस ली जैसी मिसिर के कलेजे में कटार उतार देने के बाद उसने घटनास्थल पर ली थी। उसकी आँख खुल गई। स्वप्न ने उसे चिन्तित कर दिया था। समाज से बहिष्कृत सुन्दर को उसने निःस्वार्थ-भाव से आश्रय दिया था। नारघाट पर किराए के एक मकान में उसे टिकाकर आत्मनिर्भर बनाने के लिए वह उसे मिर्ज़ापुर की पेशेवर गानेवालियों से गाने-बजाने की शिक्षा दिलाने लगा। जब कभी वह मिर्ज़ापुर जाता तब उसकी सारी व्यवस्था देख-सुन दिन रहते ही उसके यहाँ से चला आता। रात उसके घर कभी न ठहरता। उसे वह सुन्दर पुकारता था। वह उसे सुन्दर लगती थी।

4

श्रावण कृष्णा-सप्तमी का चन्द्रमा आकाश में उदित हो रहा था। बन्दी ने ठंडी साँस खींची। बेड़ी के चुभने से उसे कहीं पीड़ा हुई। उसने अपनी स्थिति अनुभव की और फिर वह स्थिति लानेवाली परिस्थिति पर विचार करने लगा—

मिर्ज़ापुर में ही उसे ख़बर मिली कि बनारस के नायब फ़ैयाज़ अली इस बार फिर मुहर्रमी जुलूस के दुलदुल घोड़े को ठठेरी बाज़ार की ओर से निकलवाने की कोशिश कर रहे हैं। कम्पनी का राज होने के बाद गत दो वर्ष से फ़ैयाज़ अली मुहर्रम के जुलूस के लिए नया रास्ता निकाल रहे थे। दो बार तो नागर ने उधर से जुलूस न जाने दिया था। इस बार उसने सुना कि फ़ैयाज़ अली जुलूस के साथ पलटन भी भेजेंगे। नागर का रक्त उबल पड़ा। वह मिर्ज़ापुर से सीधे बनारस आया और सुंड़िया होते ठठेरी बाज़ार में उस समय पहुँचा जब दुलदुल घोड़ा उसके ठीक सामने से ही जा रहा था। उसने तड़पकर खाँडे से घोड़े पर वार किया। घोड़ा दो टूक होकर ढेर हो रहा। पलटन भी नागर पर टूट पड़ी। गोरों की संगीनों और तिलंगों की तलवारों से नागर के खाँडे की लड़ाई थी। संगीनें झुक गईं और खाँडा रास्ता चीरता हुआ बढ़ता चला गया।

नागर ने ब्रह्मनाल जाकर उमरावगिरि की बावली के एक नाले में अपने को छिपाया। पर वहाँ अपने को सुरक्षित न समझ वह एक रात राजघाट की खोह में घुसा। एक दिन कटेसर निबटने जाते समय मुख़बिरों से ख़बर पाकर गोरों और तिलंगों की सेना ने उसे फिर जा घेरा। ख़ाली हाथ केवल लोटे से दो-चार सैनिकों की खोपड़ी तोड़ने के बाद नागर गिरफ़्तार हो गया।

नागर को जीवन-भर का हिसाब-किताब जोड़ने के बाद अनुभव हुआ कि मेरा जीवन सार्थक है। उसने सन्तोष की साँस ली।

5

नागर को सज़ा सुनाई जाने के दो दिन बाद जिस रात श्रावण कृष्ण-नवमी का चन्द्रमा उदित हुआ उस समय आकाश मेघाच्छन्न था।

अस्पष्ट फीके आलोक में व्यक्ति और वस्तु की सीमा-रेखा तो समझ में आ जाती थी, पर वह स्पष्ट दिखाई न देती थी। हलके-फुलक़े मेघों के दल इधर-उधर उड़ते फिर रहे थे। आकाश के एक कोने में एक चमकदार तारा झिलमिला रहा था। इसी समय गोसाईं जयराम गिरि, भंगड़ भिक्षुक और नागर का एक चेला बिरजू चील्ह गाँव में इक्के पर से उतर नारघाट जाने के लिए नाव में सवार हुए। उन्हें यह ख़बर न थी कि सुन्दर को नागर के कालेपानी जाने की ख़बर मिल चुकी है। उन्हें यह भी न मालूम था कि सुन्दर इस समय भी उस पार नारघाट की सीढ़ियों पर बैठी बूढ़ी गंगा के पानी में पैर झुलाए आकाश की ओर एकटक देख रही है; वह सोच रही है कि सिर पर यह जो नीला आकाश है, आख़िर वह है क्या? उसके पार भी क्या इसी प्रकार सुख-दुख और हास्य-रुदन से भरा हुआ पृथ्वी के ही समान कोई स्थान है जो इस प्रकार फल-फूलों और लताओं से रंगीन हो रहा है? वहाँ भी क्या ऐसे ही नर-नारी हैं? वहाँ भी क्या ऐसे ही तृप्तिहीन, आश्रयहीन गृह हैं? ऐसी ही लांछना है, ऐसा ही अविचार है? नागर से उसका कितना अल्प परिचय था; फिर भी उसने ऐसा व्यवहार किया जैसे वह उसका जन्म-जन्मान्तर का परिचित हो। वही नागर कालेपानी गया। सुन्दर सोचने लगी, 'कालापानी कहाँ है? दूर, बहुत दूर कोई टापू है जहाँ से लौटकर कोई नहीं आता।' सुन्दर का हृदय भर आया, उसके ओंठ हिले। वह गुनगुनाने लगी–

"अरे रामा, नागर नैया जाला कालेपनियाँ रे हरी!
सबकर नैया जाला कासी हो बिसेसर रामा,
नागर नैया जाला कालेपनियाँ रे हरी!"

उसका स्वर क्रमशः ऊँचा हुआ। निस्तब्धता की छाती चीर उसकी करुण ध्वनि आकाश में गूँजी। सूने पाषाण-तट, चंचल तरंगें और नौका पर सवार नागर के साथी सुनने लगे–

"घरवा में रोवैं नागर माई औ बहनियाँ रामा
सेजिया पै रोवै बारी धनियाँ रे हरी!

खुँटिया पै रोवै नागर ढाल तरवरिया रामा,
कोनकाँ में रोवै कड़ाबिनियाँ रे हरी!"

नाव और समीप आ चली थी। तीनों नौकारोहियों ने सुना–

"रहिया में रोवैं तोर संगी अउर साथी रामा,
नारघाट पर रोवै कसबिनियाँ रे हरी!"

और वे फूट-फूटकर रो उठे। मल्लाह ने और तेज़ी से डाँड चलाया, नाव ठीक सुन्दर के सामने आ पड़ी। पर सुन्दर अपने ही विचारों में मग्न गाती रही–

"जो मैं जनत्यूँ नागर जइबा कालेपनियाँ रामा,
तोरे पसवाँ चलि अवत्यूँ बिनुरे गवनवाँ रे हरी!"

ऊपर वायु सिसक रही थी, नीचे गंगा की लहरें कराह रही थीं और नौका पर बैठे मल्लाह-सहित तीनों यात्रियों की आँखें बरसाती नदी से होड़ लगा रही थीं।

इसके बाद भी, बहुत दिनों तक मिर्ज़ापुर-निवासी नारघाट की पगली को पैसा देकर उससे यही कजली गवाते और करुणा ख़रीदते रहे। सुननेवालों की आँखें भर आतीं, जब वह कलेजे का सारा दर्द घोलकर गाती–

"अरे रामा, नागर नैया जाला कालेपनियाँ रे हरी!"

सूली ऊपर सेज पिया की

1

"डुगडुग, डुगडुग, डुगडुग!"

इधर चाँदनी चौक के पूर्वी द्वार पर डौंडीवाला डुग्गी पर चोट देकर चिल्लाया—"खलक खुदा का, मुलुक बादशाह का, हुक्म कम्पनी बहादुर का...ऽ...ऽ...ऽ...ऽ! भंगड़ भिक्षुक को पता बताए के जो पकड़वाय देगा तिसको पाँच सौ कलदार इनाम दिया जाएगा और जो जानके विसका पता छिपावेगा सो तकसीर भरैया...ऽ...ऽ.ण.ऽ...ऽ!"

"डुगडुग, डुगडुग, डुगडुग!" और उधर उसी समय उत्तरी द्वार से झाँझ की झनकार के साथ आवाज़ आई—"ढब...ढब...ढबाढब...ढब...ढबाढब...ढब!" और उमंग से चंग बजाता हुआ स्वयं भंगड़ भिक्षुक बाज़ार में घुसा। अपनी सुरीली, दर्द-भरी और ऊँची आवाज़ में वह लावनी गा रहा था—

"मत पास पहुँच हरि के, बिधि के बुध के निगंठ के पूछो।
विष-रस पीने का मजा कंठ से नीलकंठ के पूछो।"

बीन के तारों जैसी उसके गले की मीठी झनकार से आकृष्ट होकर लोग अपने घरों और दुकानों से बाहर निकल आए। डुग्गीवाले ने भी

वह स्वर सुना, उसे पहचाना और अपनी गाढ़े की दोहर के तले डुग्गी छिपाकर वह वहाँ से चलता बना।

भिक्षुक का रंगीला रूप और दुस्साहस देखकर काशी के नागरिक एक साथ ही मुग्ध और विस्मित हो गए। उसने सदा की तरह आज भी गेरुए रंग की लुंगी कमर से बाँध रखी थी और शीत ऋतु होते हुए भी उसके शरीर पर गेरुए रंग के ज़री के दुपट्टे के सिवा और कोई वस्त्र न था। स्नेह-सिक्त भ्रमर-कृष्ण कुंचित केश उसके कंधों पर लहरा रहे थे और इसके साथ ही कानों के ठीक नीचे कटा चौड़ा पट्ठा उसके मूँछ-दाढ़ी-मुड़े गोरे मुख-मंडल पर ऐसा जान पड़ता था जैसे सहस्र पूँछों और दो हाथोंवाले सर्प ने किसी कनक-गोलक के दोनों ओर अपना पंजा जमाकर, उससे चिपक अपनी सारी पूँछें लटका दी हों।

उसके सस्मित ओष्ठाधर पान के रस से रंगे थे और नशे से डगमग उसकी बड़ी-बड़ी मद-भरी आँखों में सुरमे की गहरी बाढ़ थी। दोनों कानों में एक-एक रुद्राक्ष की बाली और गले में स्फटिक का कंठा झूल रहा था। चौड़े ललाट पर भस्म का त्रिपुंड दमक रहा था। और त्रिपुंड के बीच में एक सिन्दूरी टीका था। कन्धे के नीचे चौड़े फल का भीषण कुठार लटक रहा था। उसके पीछे सैकड़ों आदमियों की भीड़ थी।

गन्धियों ने दौड़कर उसको इत्र मला, मालियों ने गजरे पहनाए और सेठ-साहूकारों ने रुपए-पैसे की भेंट दी। वह काशीवासियों की वीरवृत्ति का प्रतीक था। दाताराम नागर और भंगड़ भिक्षुक की जोड़ी नगर में राम-लक्ष्मण की जोड़ी कहलाती थी। छह महीने पहले दाताराम कालेपानी गया और उसी दिन से भिक्षुक भी नगर से अन्तर्धान हो गया था। आज भिक्षुक के फिर प्रकट होने की बात जो जहाँ सुनता, वह वहीं से उसे देखने के लिए दौड़ पड़ता। शिवाला घाट पर अंग्रेज़ों की क़ब्रें भिक्षुक के पौरुष की साक्षी थीं और उसी सिलसिले में आज उसकी गिरफ़्तारी के लिए डौंडी पीटी जा रही थी।

घंटे-सवा घंटे तक गाते-बजाते हुए समूचा चौक घूम लेने के बाद, बाज़ार के मध्य में स्थित शिव-मन्दिर के ऊँचे चबूतरे पर भिक्षुक चढ़

गया और उसने ऊँची आवाज़ में कहा, "पंचो, आप सब लोग डौंडी सुन चुके हो। पाँच सौ कलदार कम रकम नहीं है। जिसे इनाम का हौसला हो सामने आए!"

भिक्षुक की बात सुनकर उपस्थित लोगों में से कुछ हँस पड़े, कुछ मौन रह गए और शेष सभीत नेत्रों से कचहरी की ओर देखने लगे। चाँदनी चौक के–जिसे आजकल गुदड़ी बाज़ार कहते हैं–दक्षिणी दरवाज़े के ठीक ऊपर उन दिनों कचहरी थी। न जनता में से उसकी ओर कोई बढ़ा और न कचहरी से ही किसी ने झाँका। यह देख भिक्षुक के अधरों पर उस भुवन-मोहन मुसकान की रेखा खिंच गई जो यदि पुरुष के मुँह लगती है तो उसे देवता बना देती है और जब नारी के अधर पर खेलती है तो नारी कुलटा कहलाने लगती है। समवेत जनसमूह पर उसी मुसकान की मोहिनी डालते हुए उसने कहा, "अच्छा, अब चलता हूँ। कोतवाली जाकर तनिक कोतवाल का भी हौसला देख लूँ।"

2

पौष की सन्ध्या सिहरने लगी थी। दालमंडी में अमीरजान तवायफ़ की दिव्य हवेली के दूसरे खंडवाले कमरे में तबला ठनकने लगा था। दीवारों पर टँगे शीशे में दीपाधारों में मोमबत्तियों के गुल खिल चुके थे। खिड़कियों के छज्जों में फूलों के गजरे लटकाए जा चुके थे। ठेका, सारंगी और मजीरे की सहायता से अमीरजान पीलू पर 'रियाज़' कर रही थी–"पपीहा रे, पी की बोली न बोल!"

अमीरजान 'स्थायी' समाप्त कर 'अन्तरा' पर आ ही रही थी कि उसे गली में हलचल की आहट लगी। उसने देखा कि सामने की खिड़कियों में वेश्याओं का समूह बाहर गला निकाले गली में उत्सुकतावश कुछ देख रहा है। अमीरजान भी उठकर खिड़की पर आई।

उसने देखा कि बूढ़े, अपाहिजों और भिखारियों को रुपए-पैसे लुटाता मस्त मन्थर गति से गली में भंगड़ भिक्षुक चला जा रहा है। उसके पीछे-पीछे आदमियों की बड़ी भीड़ है। नगर की प्रसिद्ध सुन्दरी वारांगनाएँ अपने-अपने झरोखों पर डटी हैं, परन्तु भिक्षुक की दृष्टि चतुर्दिक् चक्कर लगाने में ही व्यस्त है, उसे ऊपर देखने का अवसर नहीं मिल रहा है। सौन्दर्य का यह अपमान उसे सहन नहीं हुआ। वह स्वयं भी नगर की प्रसिद्ध वेश्या थी। उसके रूप की तूती बोलती थी। सुर ने उसे असुर की शक्ति दे रखी थी और तान ने उसे शैतान बना रखा था। इन्हीं दोनों के बल वह हृदयों पर आधिपत्य जमाती थी और उनके सारे रस का शोषण कर अन्त में उन्हें बरबाद कर देती थी।

औरों की तरह उसने भी भिक्षुक को देखा, औरों की तरह वह भी उसके रूप पर मुग्ध हुई, किन्तु यह देखकर वह औरों से कहीं अधिक दुखी हुई कि अशर्फ़ियों के मोलवाली उसकी मुसकान का मोती भिक्षुक की नयन-झोली में न गिरकर सड़क की धूल में लोट रहा है। तब औरों से बढ़कर उसने एक काम किया, अर्थात् पश्मीने का शरबती शाल अपने शरीर से उतार उसने भिक्षुक के ऊपर डाल दिया। भिक्षुक ने शाल नीचे खींचते हुए चौंककर सिर ऊपर उठाया। अमीरजान से उसकी आँखें चार हुईं। विजय गर्व से भरी छुरी की धार-जैसी तीखी मुसकान अमीरजान के अधर पर खेल गई, किन्तु वह देर तक न बनी रह सकी। भिक्षुक ने निशाना साधकर अपने हाथ की रुपयों-पैसों से भरी थैली ऊपर उछाली और वह पूरे ज़ोर से अमीरजान की नाक के सिरे पर तड़ाक जा बैठी। उसकी नाक से रक्त टपकने लगा मानो किसी लक्ष्मण ने पुनः किसी शूर्पणखा का नासिका-छेदन किया हो। भिक्षुक ठठाकर हँस पड़ा।

ठीक उसी समय बग़ल की मस्जिद से एक कदर्य, कुरूप और बूढ़ी भिखारिन बाहर निकली। वह सैकड़ों पैबन्द-लगा पाजामा पहने थी। उसका कुरता तार-तार हो रहा था और चादर के नाम पर उसके पास एक चीथड़ा-मात्र था। उसने भी वेश्या-भिक्षुक-कांड देखा। उसके झुर्रियों से भरे पोपले मुँह से एक विचित्र ध्वनि निकली, जिसे हँसी भी कह

सकते हैं और खाँसी भी। हाथ की लठिया पर सारे शरीर का भार देकर वह तन गई और अपनी गन्दी अँगुलियों से भिक्षुक का चिबुक छूते हुई बोली, "वारी जाऊँ बेटा, शाबाश!" लोगों को आशंका हुई कि क्रुद्ध भिक्षुक कहीं बूढ़ी को ढकेल न दे, परन्तु भिक्षुक ने दृष्टि और वाणी दोनों ही में कौतुक भरकर कहा, "माई, तू कहाँ? अच्छा, आ ही गई तो कुछ लेती जा।" और उसने शीत से थरथर करती बूढ़ी की जर्जर काया पर अमीरजान की शाल डाल दी। बूढ़ी बदले में दुआ तक न दे पाई थी कि भिक्षुक आगे बढ़ा।

...और कोतवाली आ गई। भिक्षुक के पीछे चलनेवालों की संख्या अब तक हज़ार के ऊपर पहुँच चुकी थी। सभी उत्सुक थे कि देखें, कोतवाली चलकर कैसे निपटती है! भिक्षुक के बल और जीवट, शस्त्र-कौशल और शास्त्र-ज्ञान, कुश्ती की निपुणता और संगीत की साधना आदि का हाल बनारस का बच्चा-बच्चा जानता था। साथ ही नए अंग्रेज़ी राज्य के क़ायदे-क़ानूनों की हृदयहीन पाबन्दी का स्वाद भी काशी की जनता को अल्प-समय में ही मिल चुका था। उस जनता का विश्वास पूरा था कि आज अद्भुत विराट और 'अवसि देखिए देखन जोगू'-जैसी कोई बात होकर ही रहेगी। स्वभाव से ही तमाशबीन काशी के नागरिकों की उत्कंठा जाग गई थी। परन्तु जब कोतवाली सामने आ गई तो कोरे तमाशबीन कतराने लगे, कायर छितराने लगे।

वर्तमान चौक थाने के सामने जहाँ आज सवारियाँ खड़ी होती हैं, एक कुआँ था और कुएँ के चतुर्दिक् मैदान। तत्कालीन काशी में गोल-गप्पे, कचालू की एकमात्र दुकान नित्य शाम उसी कुएँ पर लगती। थाने के दक्षिण ठीक सामने सड़क की पटरी पर कोतवाली थी। भिक्षुक ने कुएँ की ऊँची जगत पर खड़े हो कोतवाली की ओर मुँह उठाकर आवाज लगाई, "हुजूर कोतवाल साहब! भिक्षुक ड्योढ़ी पर आया है। क्या हुकुम होता है?"

कोतवाल साहब मिनके तक नहीं और जो दो-एक बरकन्दाज़ कोतवाली के फाटक पर थे, वे भी भीतर चले गए। भिक्षुक ने भैरव

विषाण के वज्रनाद के समान भयंकर अट्टहास किया। एकत्र जनसमूह का कौतूहल शान्त हो गया था। लोगों ने मान लिया कि सरकार भिक्षुक से पराजित हो गई। उन्हें अचरज न हुआ। वे जानते थे कि सदा से ही सरकार भिक्षुकों से हार मानती चली आई है और भविष्य में हार मानती जाएगी। भिक्षुक पर उनकी श्रद्धा और बढ़ गई। भिक्षुक भी धीरे-धीरे दो-चार घनिष्ठ साथियों के साथ कूचा अजायबसिंह (वर्तमान कचौड़ी गली) पार करता हुआ अपने पंचगंगा घाटवाले अड्डे की ओर चला।

3

भिक्षुक का तन थकावट से चूर और मन चिन्ता से जर्जर हो रहा था। वह गंगा-तट की एक मढ़ी पर जा बैठा। उसके साथी सब्ज़बाग की सैर का डौल लगाने लगे। कल दोपहर से वह बराबर चल रहा था। सोने की बात ही क्या, उसे बैठने तक का अवसर न मिला था। वह पूरब की ओर मुँह करके लेट रहा।

शिशिर की सन्ध्या थी। पौष पूर्णिमा का हिमश्वेत चन्द्र नैशविहार के लिए निकल पड़ा था। उधर पानी से उठता हुआ कुहासा क्रमशः दिगन्तव्यापी होने का प्रयत्न कर रहा था। प्रतीत होता था कि आकाश-गंगा के तट पर बैठी चन्द्रमुखी ने पार्थिव गंगा के ऊपर अपना सघन केश-जाल लटका दिया है। इस पार से उस पार की कोई वस्तु दिखाई न पड़ती थी, परन्तु भिक्षु उसी ओर देखना चाहता था।

वह देखना चाहता था कि उस काली चादर के पीछे छिपे एक कच्चे दोमंजिले धवलगृह को, और वह देखना चाहता था उस धवलगृह में आलोक-शिक्षा-सी स्थित धवल सौन्दर्य की स्वामिनी मंगला गौरी को। मंगला गौरी ने कल उसे बाल-बाल बचा लिया था। उसने उसे देखते ही पहचान लिया था, परन्तु भिक्षु ने उसे तब पहचाना जब उसने अपनी

आम की फाँक-जैसी आँखों से अश्रुरस उलीचते हुए गद्गद कंठ से पूछा था, "क्या गौरी की तपस्या अब भी पूरी नहीं हुई?" और तब वह उसे पहचानकर पुनः दूसरी रात आने का वचन दे बैठा। तभी से उसके मन में एक ही प्रश्न चक्कर काट रहा था कि क्या त्यागी हुई वस्तु पुनः ग्रहण की जा सकती है?

मंगला गौरी उसकी पत्नी थी। परन्तु उसने उसका मुख जीवन में दो बार ही देखा था—एक, विवाह की रात और दूसरे, तेरह वर्ष बाद पिछली रात। भिक्षुक ने अलवर के एक ऐसे चारण-कुल में जन्म लिया था जिसकी जीविका का साधन कड़खा-पाठ न होकर असि-संचालन था। उसे जन्म से ही व्यायाम और शस्त्र-संचालन की शिक्षा मिली थी। तेरह वर्ष की आयु में उसका विवाह जैसलमेर में हुआ। श्वसुर राजस्थान के प्रसिद्ध चारण थे। कितने ही राजाओं ने 'लाखपसाव' और 'कोड़पसाव' से उनका सम्मान किया था। उत्तर वयस में उन्होंने नाथ-द्वार जाकर कंठी बँधवा ली थी। उसके बाद ही कन्या के रूप में उनके घर में प्रथम सन्तान ने जन्म लिया। कन्या पिता की आँखों की पुतली हो गई। अनजाने ही पुत्री पर भी पिता का रंग चढ़ने लगा। पिता पूजा करते ओर पुत्री गोविन्दलाल की प्रतिमा के समक्ष नाचती हुई तोतली बोली से गाती, "मैं तो गिरधर आगे नाचूँगी!"

भिक्षुक को विवाह की रात की वह घटना याद आई जब सप्तपदी समाप्त होने पर ससुराल की स्त्रियों ने उसको कविता और दोहा सुनाने के लिए कहा और वह मौन रह गया। कारण, तब तक उसे अपना नाम चन्द्रचूड़ को चनरचूर बताने का अभ्यास था। उसके चुप रह जाने पर महिलाओं का मर्म स्वर उसके कानों में धनुषटंकार की भाँति गूँज उठा, "मूर्ख है।" चतुर चतुरानन की चातुरी वहाँ भी चल गई। नैश-जागरण से नींद में माती, भागवत के सैकड़ों श्लोक कंठस्थ रखनेवाली मंगला के भी मुख से प्रतिध्वनि की तरह निकल पड़ा, "मूर्ख है।"

वह अनपढ़ था, परन्तु अज्ञानी नहीं। और मूर्ख यदि बलवान हुआ तो फिर उसके स्वाभिमान की सीमा नहीं रह जाती। वह उठ खड़ा

हुआ और महिला-मंडल को ढकेलता बाहर निकल आया। रात के अँधेरे में अपने को छिपाता वह जंगल में भागा और मरुभूमि में महीनों का मार्ग पार कर वह काशी आ पहुँचा। यहाँ उसने विद्या पढ़ी, विद्वान भी हुआ, पर फिर घर लौटकर नहीं गया।

भिक्षुक की विचारधारा में बाधा पड़ी। उसके एक साथी ने आकर कहा, "गुरु, तैयार हो गई।"

"बड़ा जाड़ा है, आज तो पंचरत्नी छानूँगा," भिक्षुक ने कहा।

"अच्छा, तो अभी तैयार हुई जाती है," साथी ने कहा।

नागबच्छ और धतूरे के बीज के साथ सिल पर संखिया की दो लकीर खींच भिक्षुक के हिस्से की भाँग पुनः पीसी गई। गोला तैयार होने पर उसके पेटे में थोड़ी अफ़ीम रख दी गई और चुल्लू-भर जल के सहारे भिक्षुक ने वह गोला अपने उदर में उतार लिया। आकाश को अपनी तान से गुँजाते हुए वह उठ खड़ा हुआ। गंगा की लहरों ने प्रतिध्वनि की।

"विष-रस पीने का मजा कंठ से नीलकंठ के पूछो!"

4

दस बजे रात गंगा में ग्यारह डुबकियाँ लगाकर जब भिक्षुक बाहर निकला तो उसे ऐसा प्रतीत हुआ कि शीत के प्रहार से उसका नशा उखड़ गया है। उसके संगी-साथी विदा हो गए थे। उसने बदन पोंछते हुए घाट के किनारे स्थित अपनी मढ़ीनुमा खोह में प्रवेश किया। दीवट में मृत्प्रदीप जल रहा था और भूमि पर बाघम्बर पड़ा था। उसी पर बैठे गाँजे का दम लगाते हुए विचार करने लगा। अभी तक वह इस प्रश्न की मीमांसा न कर पाया था कि जिसका त्याग कर दिया उसका पुनर्ग्रहण उचित है या नहीं? विधि और निषेध दोनों पहलू उसके सामने आते थे–'त्यागी

हुई वस्तु उच्छिष्ट है, मानो उसे ग्रहण नहीं करते। नारी साधना-पथ का अन्तराय है, मैं साधक हूँ।'

पुनः दूसरे ही क्षण वह सोचता–'गौरी मेरी सहधर्मिणी है। वह जैसी सुन्दरी है वैसी बुद्धिमति भी। उससे मुझे कर्तव्य-पालन में सहायता ही मिलेगी। उसका मैंने पाणिग्रहण किया है। उसका भरण-पोषण करना मेरा कर्तव्य है। मैं उसे वचन दे आया हूँ, वह मेरी प्रतीक्षा करती होगी।' प्रश्न के इस सामाजिक पहलू ने निर्णय कर दिया। वह अभिभूत-सा धीरे-धीरे खोह के बाहर निकला। एक नाव खोली। उस पर बैठ उसने उसे धारा में छोड़ दिया और स्वयं भी विचारधारा में बह चला। उसके हाथ यन्त्रवत नाव खे रहे थे। वह सोच रहा था कि यदि वह न होती तो सिपाही मुझे अवश्य पकड़ लेते। मैं खाली हाथ थका-माँदा और पैदल था; वे हथियारबन्द, घोड़े पर सवार थे। न जाने कैसे पहचान लिया दुष्टों ने! अलीनगर से कटेसर तक दौड़ा मारा। पर उन्हें पता भी चल गया होगा कि आज किसी से पाला पड़ा है। सब तो पीछे रह गए, परन्तु वह ससुरा हवलदार, उसने अन्त तक पीछा न छोड़ा।

नाव किनारे लग गई। भिक्षुक उस पर से उतरा। रेती में खूँटा गाड़कर उसने नाव उसी में बाँध दी और स्वयं गाँव की ओर चला। फीकी चाँदनी में शृगाल चन्द्रमा की ओर मुँह उठा-उठाकर चीत्कार कर रहे थे। गाँव में पहुँचते ही कुत्ते उसके पीछे-पीछे भौंकते चले। मंगला गौरी के ओसारे के सामने पहुँच भिक्षुक ने देखा कि ओसारे में काठ की चौकी पर बैठा वही हवलदार मूँछों पर हाथ फेरता हुआ बड़े स्वर में रामायण की चौपाइयाँ उड़ा रहा है–

"हे खगमृग हे मधुकर श्रेनी।
कहुँ देखी सीता मृगनैनी॥
तुम आनन्द करहुँ मृग जाये।
ये कंचन-मृग हेरन आए॥"

भिक्षुक सामने नाँद के पीछे, जहाँ वह पिछली शाम छिपा था, आकर खड़ा हो गया। कल शाम वह यहीं बैल बाँधने के खूँटे से ठोकर खाकर

तृषातुर गिर पड़ा था। गौरी वहीं खड़ी नाँद में बैलों के लिए सानी दे रही थी। उसके गिरते ही वह पास आई थी। उसे देखते ही वह चौंकी थी और बग़ल से आती घोड़ी की टाप की आवाज़ सुनकर नाँद की ओर अँगुली उठाकर उसने भरे गले से कहा था, ''वहाँ, नाँद के पीछे!'' और वह कठिनाई से नाँद के पीछे छिप पाया था कि घोड़े पर चढ़ा यही हवलदार आया। उसने पूछा था, ''गौरी, इधर से कोई आदमी अभी भागा है?'' और गौरी ने क्षण-भर का भी विलम्ब किए बिना उत्तर दिया था, ''नहीं तो, मैं आज दरवाज़े पर दो घंटे से हूँ।'' इस पर हवलदार ने कहा था, ''अच्छा, थोड़ा पानी पिला।''

यह बात याद आते ही भिक्षुक ने देखा कि सामने का दरवाज़ा खुला और गौरी अपने हाथ में दूध-भरा कटोरा लिए निकली। उसने हवलदार से कुछ कहा। हवलदार ने मुसकराकर कटोरा उसके हाथ से ले अपने मुँह लगाया। भिक्षुक की पीठ पर जैसे कोड़ा पड़ा। वह वहाँ से सरपट भागता हुआ गंगा-तट पर आया, नाव खोलकर उस पर बैठ गया और उसे खेते हुए मन-ही-मन अपने को धिक्कारने लगा, 'ओह, मैं पढ़-लिखकर भी मूर्ख ही रहा! मैं अपनी कामुकता को कर्तव्य का चोला पहना रहा था। रूप के क्षणिक आकर्षण में मैं अपनी आजन्म साधना नष्ट करने जा रहा था। मैंने एक बार भी यह न सोचा कि जैसलमेर की यह गौरेड़ी यहाँ कैसे चली आई और फिर यहाँ वह एक पुरुष के साथ रहती है, उससे मुसकराकर बात करती है, उसे कटोरा भर-भर दूध पिलाती है!'

भिक्षुक के हाथों में डाँडा और विचार में उधेड़-बुन चल रही थी। तरी की पुष्ट वायु की तरावट से जब उसका मस्तिष्क कुछ ठंडा हुआ तो विचारों की धारा भी दूसरी ओर घूमी। आत्मनिन्दा के भाव ने विपरीत दिशा में ज़ोर बाँधा। भाव-सबलता के कारण उसके ओंठ हिल उठे और मन के विचार बड़बड़ाहट के रूप में निकल पड़े—बिना समझे-बूझे निर्णय यही कहलाता है। केवल अनुमान के आधार पर मैं 'यत्परोनास्ति' चिन्ता में पड़ा हूँ। हो सकता है, हवलदार उसका कोई

निकट सम्बन्धी हो। उससे मिलकर पूछ लेने में ही क्या बुराई थी? पर बात यह है कि सब साध्य-साधना करने पर भी मेरा मन साधारण जन की ही तरह अब भी ईर्ष्या-द्वेषग्रस्त है। विवाह की रात की तरह ही अब भी मेरे षड्रिपु जाग रहे हैं, अन्यथा मेरे नाम से डोंडी पिट रही है, यह सुनकर मुझे नगर में निकल पड़ने और दिन-भर घूमते रहने की क्या जरूरत थी? मेरे साथ बड़ी भीड़ थी, इसी से मेरे सामने आने की किसी ने हिम्मत न की। नहीं तो पकड़े जाने पर जो कुछ होगा वह मुझसे छिपा नहीं है। नागर कालापानी गया, मैं फाँसी जाऊँगा। अपनी जलन के कारण मैं गौरी के प्रति दूसरी बार अन्याय करने जा रहा था।

और आधी गंगा पार कर लेने पर भी उसने अपनी नाव पुनः कटेसरवाले पुल की ओर घुमा दी। नाव घूमते ही उसने चकित होकर देखा कि उससे थोड़ी ही दूर पर राजकोट की ओर से बीस-पचीस नावों पर सवार गोरे सैनिक उसी की नाव की ओर बढ़े आ रहे हैं। उसने जल्दी से नाव घुमाई और सैनिकों को अपनी ओर बन्दूक छतियाते देखा। गोलियाँ छूटने के पहले ही वह पानी में कूद पड़ा। यथासम्भव अधिकाधिक डुबकी लगाता हुआ वह किनारे पर पहुँचा और हँकवे में फँसाए सिंह के समान तीर की तरह वह अपनी गुफा में घुस गया। सैनिक भी नावों से उतर खोह के दरवाज़े पर खड़े हो गए।

5

सैकड़ों कंठों से उठी उल्लास-ध्वनि गंगा की लहरों पर लुढ़कती, रेती पर दौड़ती और चने के खेतों पर से उड़ती जब यदुनाथ हवलदार के दोमंजिले मकान में घुसकर भूमि पर सोई मंगला गौरी के कर्ण-पुटों से टकराई तो उसकी आँखें खुल गईं। उसने ध्वनि का अनुसरण करते हुए पश्चिमी

दीवार में बने हुए गवाक्ष से बाहर झाँका। घनश्याम तरुराज के अन्तराल से उसने देखा कि श्यामल शस्य-क्षेत्रों और बालू-भरी भूमि के बाद गंगा पर क्रमशः ऊपर उठती धूम्रराशि माधवराव के धरहरे के कंगूरे पर विराट अजगर-सी कुंडली बाँध रही है।

आज गौरी ने रात आँखों में काटी थी। नित्य भूमि पर शयन का नियम रखते हुए भी उसने आज शय्या बिछाई थी और उस पर सूचिकार्य-खचित आस्तरण भी डाल रखा था। पर जिसे उस शय्या पर शयन करना था, वह आया ही नहीं। सारी रात प्रतीक्षा करने के बाद जब भोर में दक्खिनी वायु चली तो उसकी पलकें झप गईं। और अब उठने पर देख रही है कि उसके नयन और मन में ही नहीं, गंगा-पार भी आग लगी है। सहसा किसी ने दरवाज़ा खटखटाया; गौरी के किवाड़ खोलते ही एक पड़ोसी की चंचल और हँसोड़ पुत्री गेंदा तूफ़ान की तरह कोठरी में घुसी और गौरी के गले में हाथ डाल फूलों के हार-सी झूलती हुई उसने कहा, "जीजी, कब से तुम्हें बुला रही हूँ! चिल्लाते-चिल्लाते गला बैठ गया। तुम क्या कर रही थीं?"

"सवेरे-सवेरे मुझसे तेरा कौन-सा काम अटक रहा था, गेंदा?" गौरी ने उसे अपना गला छुड़ाते और मुसकराते हुए कहा। तेरह वर्ष की अल्हड़ छोकरी गेंदा को गौरी से कोई काम न था। वह केवल उसे यह समाचार देने आई थी कि उस पार नगर में आग लगी है। सो उसने कहा, "काम तो कुछ नहीं था, जीजी! उस पार आग लगी है। गाँव-भर देखने गया है। मैं भी किनारे तक गई थी।

"अच्छा!" गौरी ने विस्मय का अभिनयं करते हुए कहा।

"अच्छा क्या? सोचा था, तुम्हें भी साथ लेती चलूँ। खिड़की के नीचे खड़ी होकर कितना चिल्लाई! रोज़ तो तुम चार बजे भोर से ही उठकर क्या-क्या गाया करती थीं। आज तुम्हारी आहट ही नहीं मिली। हाँ, वह गीत तो गाओ जीजी–'म्हांने चाकर राखो जी, गिरधारी लाला'।" यह कहकर गेंदा खिलखिलाकर हँसी। फिर तत्काल संयत होकर बोली, "अच्छा जीजी, ये सब गीत तुमने सीखे कहाँ?"

अल्हड़ गेंदा प्रश्न पर प्रश्न करती जा रही थी, बिना यह ख़याल किए कि उसके प्रश्न गौरी के हृदय पर हथौड़े की चोट कर रहे हैं। फिर भी गौरी ने कहा, "इसमें बताने की क्या बात है? मेरे बाप श्री गोविन्दलाल के उपासक थे न! उन्हीं से यह सब सीखा है। उनके गोलोकधाम जाने पर जब दामादों ने मेरी सब सम्पत्ति छीन ली तो मैं अपने मामा के पास चली आई। मामा ने जब काशीराज की सेना में नौकरी की तो मैं भी यहाँ चली आई।"

"अच्छा, एक गीत गाओ, जीजी! मुझे बड़ा अच्छा लगता है," गेंदा ने कहा।

"इस समय चित्त ठिकाने नहीं है गेंदा, फिर कभी गाऊँगी।"

"नहीं, मेरी अच्छी जीजी! दो-ही-एक कड़ी सुना दो," गेंदा ने बच्चों की तरह मचलते हुए कहा। अन्त में गौरी को गेंदा के हठ के सामने झुकना पड़ा। उसने शून्य शय्या की ओर देख गुनगुनाना आरम्भ किया–

"एरी मैं तो दरद-दिवाणी
मेरो दरद न जाने कोय।
सूली ऊपर सेज पिया की
केहि विधि मिलना होय!"

"किससे केहि विधि मिलना होय, जीजी? उससे तो नहीं जो परसों साँझ को नाँद के पीछे छिपा था?" फिर खिलखिलाकर गेंदा ने पूछा।

"आ मर कलमुँही!" गौरी ने कहा और साथ ही सुना कि उसके मामा नीचे खड़े पुकार रहे हैं–"गौरी, गौरी! अभी तक नीचे नहीं उतरी, बात क्या है?"

सीढ़ी पर मामा के चढ़ने की आहट मिली। वह कहीं कोठरी में न आ जाएँ, इसलिए गेंदा के साथ वह स्वयं बाहर निकल आई और सामना होते ही पूछ बैठी, "क्या है, मामा?"

"अपना अभाग है, बिटिया! कम्बख़्त आज कुत्ते की मौत मारा गया। कहीं परसों ही गिरफ़्तार हो गया होता तो पाँच सौ कलदार मेरे हाथ लगता।" यदुनाथ हवलदार ने कहा। सुनते ही गौरी को जैसे काठ

मार गया और उसके चेहरे पर हवाई उड़ने लगी। उसने कठोर संयम से काम लिया और उसके मुँह से आह तक न निकली। गेंदा ने यदुनाथ से पूछा, "कौन कुत्ते की मौत मारा गया, काका?"

"अरे वही, नागर गुंडे का साथी भंगड़ भिक्षुक! लेकिन बिटिया, वह रहा बड़ा बहादुर। जिस गोरे ने उसकी खोह में घुसने के लिए भीतर सिर डाला उसका सिर भीतर ही रह गया। पाँच-सात गोरों के कटते ही सेना ने लकड़ियों से खोह को तोप कर उसमें आग लगा दी। देख न, कितनी लपटें उड़ रही हैं!"

गौरी और गेंदा दोनों पश्चिम की ओर अग्नि-तांडव देखने लगीं। गौरी ने देखा कि अशरीरी आत्मा की लोल लोलिहान अँगुलियों के समान लपलपाती लपटें आकाश छूने के लिए उचक रही हैं। उनके ऊपर उड़ती हुई धुएँ की रेखा ने सूली का आकार धारण कर रखा है और उसी सूली की नोक पर बैठा हुआ भिक्षुक क्रमशः ऊपर उठता जा रहा है। उसने कुछ सोचा और गेंदा से कहा, "तू नीचे चल, मैं अभी दरवाज़ा बन्द करके आई।"

गेंदा नीचे उतर गई। गौरी फिर कोठरी में घुसी। उसने भीतर से द्वार बन्द कर दिया। कोने में रखा निष्प्रभ दीप अब भी मन्द-मन्द जल रहा था। उसने दीपक उठाया और उसकी लौ शय्या पर बिछे बिछौने से लगा दी। क्षण-भर में ही शय्या जलने लगी। वही दीपक अपने आँचल के तले रख, उसने बारह वर्ष बाद शय्या पर पैर रखा। आँचल को भी आग पकड़ चुकी थी। पल-भर में ही गेंदा और यदुनाथ को भी ज्ञात हो गया कि गौरी की कोठरी में आग लगी है। गेंदा दौड़कर सीढ़ी चढ़ी और दरवाज़ा पीटते हुए चिल्लाई, "जीजी, जीजी, यह क्या?"

भीतर से चंडी के अट्टहास की तरह गौरी का शब्द सुनाई पड़ा– "गेंदा, सूली ऊपर सेज पिया की, एहि विधि मिलना होय!" और फिर काठ-कबाड़ तथा जलते मांस की दुर्गन्ध बाहर निकलने लगी।

आए, आए, आए

1

उस दिन ज्ञानवापी की आलमगीरी मस्जिद के मुअज़्ज़न ने भिनसहरी रात नमाज़ियों को जगाने के लिए मीनार पर चढ़कर अज़ान नहीं दी, गंगा-स्नान करके नवस्थापित विश्वनाथ मन्दिर में जानेवाले दर्शनार्थियों ने 'हर हर महादेव शम्भो' की ध्वनि से नीचे गली नहीं गँजाई, पहरेदार ने भी 'जागते रहो, चार बजा है' चिल्लाकर मुहल्ले का फाटक खुलवाने के लिए अन्तिम रौंद नहीं लगाया, परन्तु मस्जिद के सामने वाले दोमंजिले मकान के बरामदे में टँगा हुआ तोता प्रतिदिन के अभ्यासवश ठीक समय पर बोल उठा, "राधेश्याम, राधेश्याम!"

पिंजरे के ठीक नीचे पड़ी तीन पैर की चारपाई पर बिछी जीर्ण कन्था पर लेटे वृद्ध और अन्धप्राय चित्रकार रामदयाल की ऊँघती आँखें कीर-कूजन से खुल गईं। उसने मुँह के आगे हाथ लगाकर जमुहाई ली और फिर चुटकी बजाते हुए स्वयं भी बोल उठा, "राधेश्याम, राधेश्याम!"

उसे फिर जमुहाई आई। मुँह बाए और उस पर हथेली लगाए ही उसने अस्पष्ट शब्दों में कहा, "आज भी अमीरन न आई तो...?" और जमुहाई का क्रम अटूट-सा हो गया।

टिकियावाली बुढ़िया अमीरन का गत तीन दिन से पता न था, इसीलिए उसके ग्राहक घबरा उठे। जाड़ा हो, गरमी हो, बरसात हो, टिकियावाली अमीरन बिना नाग़ा अपने गिने-चुने ग्राहकों के लिए छोटी-सी टोकरी में टिकिया और अम्बरी तम्बाकू लेकर नगर की प्रदक्षिणा करने सूर्य के साथ ही निकल पड़ती। उसकी ताज़ी कुरकुराती टिकियों और खुशबूदार नशीली तम्बाकू के चाहक हाथ में चिलम और टिकिया धराने के लिए चिलम में रखा अंगारा फूँक से जिलाते हुए टिकियावाली की प्रतीक्षा में अपने घरों से निकल आए रहते।

टिकियावाली भी सुँघनी रंग का चूड़ीदार पाजामा और हरे रंग का कुरता पहने, सिर पर गेरुए रंग की चादर डाले, एक हाथ से लठिया टेकते और दूसरे हाथ से कमर के सहारे टोकरी सँभाले अपनी जर्जर जूतियाँ चटकाती आती। आतुर ग्राहक के सामने पहुँच हाँफते हुए लाठी पर टेक देकर खड़ी हो जाती, चबूतरे या सीढ़ी पर टोकरी रख देती और कानों में पड़ी चाँदी की छोटी-छोटी आध दर्जन बालियों में प्रभाती पवन के कारण उलझे श्वेत केशों को चाँदी के ही छल्लों से गूँथी कम्पित और शीर्ण अँगुलियों से सँवारती हुई क्षण-भर दम लेती। फिर सिल पर कूँचकर मुँह में जमाया ज़र्दापान जीभ से गाल की ओर हटा देती, खखारकर गला साफ़ करने का प्रयत्न करती और हँसकर चुटकी बजाते हुए, फूटे परन्तु सधे गले से गा उठती—

"पिया आवन की भई बेरिया
दरवजवाँ लागि रहूँ।"

तत्पश्चात कौड़ी-दो कौड़ी की टिकिया बेच आगे बढ़ जाती। उसकी इन मुद्राओं पर उसके ग्राहक मुसकरा देते। कभी-कभी कोई उसी-जैसा बुड्ढ़ा ग्राहक यह भी कह बैठता, "बीबी, अब तो तुम्हारी वह उमर नहीं रही, नहीं तो लोगों को कुछ और ही शक हो जाता।" डाँटने का अभिनय करती हुई अमीरन जवाब देती, "मियाँ बुड्ढे हुए, लेकिन अकल न आई। सच तो यह है कि जिनकी शक के लायक उमर नहीं

रही उन्हीं पर सबसे ज्यादा शक करना चाहिए।" इस पर कोई और बोल उठता, "यह क़ानून बनाओगी तो तुम भी शक से रिहाई न पा सकोगी।" वह उसे भी चमकाती हुई कहती, "हमारी फिक्र न करो। हम औरतों को शक का रास्ता बचाकर चलने का अभ्यास होता है।" और इस जवाब के बाद सिवा झेंपकर हँसने के बात आगे बढ़ाने का रास्ता न रह जाता। उसके चले जाने के बाद वहाँ एकत्र लोगों में निमूँछिए कहते, "बेहया है," अधेड़ कहते, "बेलौस है," बुड्ढ़े कहते, "जोगिन है" और स्वयं अमीरन पूछने पर कहती, "मैं क्या थी, यह भूले जुगों बीत गए। अभी आगे चलकर क्या हो जाऊँगी, यह अल्लाह ही जानता है। अलबत्ता मैं इतना ही जानती हूँ कि मैं इस बखत क्या हूँ।" इस पर भी यदि कोई कहता कि "अच्छा यही बताओ कि तुम इस वक़्त क्या हो," तो उसके मुखमंडल पर विचित्र गम्भीरता छा जाती। वह धीरे-धीरे कहती, "मैं घर-घर अलख जगानेवाली भैरवी हूँ।"

2

बरामदे से संलग्न कोठरी में चित्रकार की पत्नी कृष्णप्रिया भी जाग चुकी थी और बिछौने पर लेटे-ही-लेटे गुनगुना रही थी–"जागिए ब्रजराज कुँवर पंछी सब बोले।"

सवेरा हो चुका था। रामदयाल को भ्रम हुआ कि कोई उसका दरवाज़ा खटखटा रहा है। उसने अपनी पत्नी को पुकारा, "अजी सुनती हो, उठो दरवाज़ा खोलो। शायद अमीरन आ गई।"

"तुम तो जैसे रात-भर अमीरन का ही सपना देखते रहे हो," कहते-कहते कृष्णप्रिया उठी और बरामदे में आकर गली के नीचे झाँका। किसी को न देख उसने कहा, "क्या अमीरन को अपनी जान भारी पड़ी है कि वह इस खून-ख़राबी में घर से बाहर निकले?"

"वही तो," बूढ़े चित्रकार ने कहा, "परन्तु क्या करूँ? अमल बुरी चीज़ है। देखो, कोने-अन्तरे में अगर थोड़ी-बहुत तम्बाकू पड़ी हो तो मुझे दे दो।"

"जो कुछ था सब समाप्त हो गया, अब तुम्हीं खोजो," उसने कहा और फिर भुनभुनाने लगी, "दंगे का दिन है, अड़ोसी-पड़ोसी भी भाग गए हैं, नहीं तो उन्हीं से सवेरे-सवेरे भीख माँगती।"

असहाय रामदयाल ने पत्नी के वचन सुने और यह जानते हुए भी कि अभीप्सित वस्तु मिलनेवाली नहीं, उसने एक कोने में हाथ बढ़ा टटोलना आरम्भ किया। वह जो कुछ खोज रहा था वह तो हाथ न लगा, परन्तु उसका हाथ अपनी ही बनाई हुई एक तसवीर पर पड़ गया। चित्र पर हाथ पड़ते ही उसकी हथेली एक बार पुनः वैसे ही जलने लगी जैसे सत्ताईस वर्ष पूर्व यही चित्र चुराने के अभियोग में अग्नि-परीक्षा के अवसर पर जलते हुए लौह गोलक से वह जली थी। उसने तत्काल चित्र पर से हाथ खींच लिया, परन्तु बुझी आग धधक चुकी थी। उसने स्मृति के धुएँ में स्पष्ट देखा–

जमुना का किनारा है और किनारे काली मिट्टी के एक टीले पर फूँस से छाई हुई एक झोंपड़ी। झोंपड़ी की चूना-पुती भीत पर कोयले के छोटे-से टुकड़े से बारह-तेरह वर्ष का एक बालक एक बालिका का चित्र बनाने के प्रयत्न में तल्लीन है। लड़का गत बारह घंटे से भूखा है, परन्तु चित्र-रचना के आगे उसे क्षुधा भी भूल गई है। उसकी पीठ पर तीखी धूप पड़ रही है, परन्तु उसे इसकी चिन्ता नहीं। उसी समय उसी की तरह धुन की पक्की सात-आठ वर्ष की एक लड़की एक हाथ में मट्ठे से भरा लोटा और दूसरे में पत्ते में लपेटा नमक, मिर्च और मोटी-मोटी दो रोटियाँ लिए, बालू में झुलसते पैरों की ओर से सर्वथा लापरवाह जल्दी-जल्दी वहाँ आई। लड़के के पीछे खड़ी होकर आदेश के स्वर में उसने कहा, "हंस, पहले इसे खा ले, चित्र पीछे लिखना!"

लड़का चौंक पड़ा। लड़की को देखकर बोला, "काका देख लेंगे तो बिना पीटे न छोड़ेंगे।" किंकिनी खिलखिलाकर हँसी। उसने कहा,

"काका तो खा-पीकर चौपाल में पड़े नागलीला बाँच रहे हैं। मैं देखकर तब आई हूँ। विरथा परिश्रम काहे करते हो? तुमसे मेरी तसवीर न बन सकेगी।" और उसने लोटा तथा पत्ते सहित रोटी उसके सामने रख दी। पुनः तत्काल ही प्रश्न किया, "तुम काका से इतना डरते क्यों हो?"

"बप्पा कह गए हैं कि गरीबों को अमीरों से डरना चाहिए," हंस ने कहा।

किंकिनी फिर हँसी। उसने पूछा, "इसी से तुम मेरे घर कभी नहीं आते?" "हाँ," सिर झुकाए हंस ने कहा और सहसा अपनी चमकीली आँखें किंकिनी के चेहरे पर जमाकर बोला, "मैं तुम्हारी तसवीर ज़रूर बनाऊँगा।" "अच्छा, पहले खा लो!" किंकिनी बोली। हंस खाने लगा। किंकिनी ने वार्ता आगे बढ़ाई।

"अच्छा, जब मेरा ब्याह हो जाएगा और मैं अपने घर जाऊँगी तब तुम वहाँ आना। आओगे न?"

हंस ने कहा, "हूँ!"

किंकिनी कहती गई, "तुम्हारे बप्पा के मर जाने के बाद यहाँ तो अब तुम्हारा कोई और रहा नहीं। वहाँ तुम्हें बड़े सुख से रखूँगी। ऐसे ही नदी-किनारे कोठेदार घर होगा। सामने अमराई होगी। पीछे फूलों का बगीचा होगा। वहाँ मैं दौड़-दौड़कर तितली पकड़ूँगी। तुम बैठकर मेरी तसवीर बनाना। अच्छा, बप्पा ने तुम्हें मेरे यहाँ आने से मना क्यों कर दिया?"

किंकिनी की प्रत्येक बात पर हंस 'हूँ', 'हूँ' करता जाता था। इस प्रश्न पर भी उसे यही करना पड़ा। कारण, उसे ज्ञात न था कि उसके कथावाचक पिता ने यह जानकर कि मैं स्वयं पुत्र का नाम परमहंस रख देने के सिवा उसे और कुछ न दे जा सकूँगा, वंश-गौरव के बल पर नम्बरदार से उसकी बेटी माँगी थी और धनमत्त नम्बरदार ने अपमानपूर्वक प्रस्ताव ठुकरा दिया था। उसके घर से लौटकर आत्मग्लानि में गले पिता भगवती ने स्वप्न में भी नम्बरदार की देहली न लाँघने का आदेश पुत्र को दे दिया।

हंस का भोजन समाप्त हो गया। वह नदी पर जाकर पानी पीने और लोटा माँजने के लिए उठ खड़ा हुआ, किन्तु किंकिनी ने पहले ही लोटा उठा लिया और वह नदी की ओर दौड़ चली। उसने बालू से रगड़कर लोटा माँजा, पानी भरा और लौटने के लिए घूमी कि पास ही खड़ा एकमात्र नाव पर से एक लम्बा-चौड़ा बलवान व्यक्ति किनारे कूदा। उसने एक हाथ से किंकिनी का मुँह बन्द कर दिया और दूसरा हाथ उसकी कमर में डाल उसे उठाकर वह नाव में चला गया। किंकिनी के हाथ से छूटा लोटा लुढ़ककर पानी में जा गिरा। पाँच-सात मिनट बाद नाव खुल गई।

हंस टीले पर खड़ा किंकिनी-हरण देखता रहा। सहसा उसे अपने पीछे कुछ लोगों के आने की आहट लगी। उसने सुना कि नम्बरदार अपने पियादे से कह रहा है–"रामदयाल, पैर पर ऐसी लाठी मारना कि सदा के लिए लँगड़ा हो जाए। बालक समझकर तरह मत दे जाना।" रामदयाल की क्रूरता से परिचित हंस जल्दी से पार्श्ववर्ती पलाशवन में भागा। भागते-भागते कई कोस निकल गया। थककर एक स्थान पर गिर पड़ा। घंटे-भर पड़े रहने के बाद एक पथिक ने उसे उठाकर उससे उसका नाम पूछा। नशे में चूर आदमी की तरह हंस ने कहा, "ऐं, मेरा नाम रामदयाल है।"

इसके बाद उस गाँव में किंकिनी का शब्द फिर कभी न सुनाई पड़ा। हंस तो सदा के लिए उड़ ही गया।

3

"कोने में आँख फाड़-फाड़कर क्या देख रहे हो?" चित्रकार की पत्नी ने पूछा।

"कुछ नहीं," अपनी भावना में खोए हुए चित्रकार ने उत्तर दिया, परन्तु उसने अपनी आँखें कोने की ओर से नहीं हटाईं। उसकी स्मृतियाँ

उसके मानस-चक्षु के सामने विचित्र-विचित्र चित्र प्रस्तुत कर रही थीं और जन्मजात चित्रकार उन चित्रों की ये खूबियाँ बारीकी से निहार रहा था–

नवाब अस्करी मिर्ज़ा का दरबार नित्य की तरह गुलों-बुलबुलों से महक-चहक रहा। अस्करी मिर्ज़ा एक मसनद पर टेक दिए अधलेटे-से थे। उनके गोरे-गोरे हाथ-पाँवों में कलापूर्ण ढंग से मेंहदी सजाई हुई थी। छल्लेदार ज़ुल्फ़ें मसनद पर बिखरी पड़ी थीं। सामने अफ़ीम की पीनक में झूमते-बैठते ख़्वाजा फ़सीह एक शेर का मतला माँजते जा रहे थे। उन्हीं के पार्श्व में मिरजई पहने और सिर पर भारी पगड़ी बाँधे 'दिव्य' कवि डटे थे। उन्होंने हाथ बाँधकर कहा–"खुदाबन्द! श्रीमती नई बेगम साहिबा के रूप की परसंसा में मैंने एक सवैया रची है, मरज़ी होय तो अरज़ करूँ।"

"अभी नहीं। यह मुसव्विर रामदयाल हैं। इन्हें मैंने दिल्ली से बुलाया है," मिर्ज़ा ने कहा, और चित्रकार से पूछा, "सफ़र में तकलीफ़ तो नहीं हुई?"

यथोचित उत्तर-प्रत्युत्तर के बाद नवाब ने कहा, "मैंने अपनी नई बेगम की तसवीर बनाने के लिए आपको बुलाया है। आपने भी शायद उनका नाम सुना है। बनारस में क्या, दूर-दूर तक उनके नाचने-गाने की धूम थी।" नवाब बात समाप्त भी न कर पाए थे कि एक मुसाहिब ले उड़े; बोले, "तलवार की धार पर वह नाचे, बताशे पर फिरकी की तरह वह घूमे, सिर पर पानी-भरी थाली रख धमा-चौकड़ी मचाए और क्या मजाल कि एक बूँद भी छलके!"

"अच्छा, बकिए मत," नवाब ने मुसाहिब को डाँटा और खड़े होकर मुसव्विर से कहा, "आप मेरे साथ आइए।" मुसव्विर और नवाब साथ-साथ ज़नाने महल में जा रहे थे और नवाब कह रहे थे, "बेगम को आपकी कलम बहुत पसन्द है। उन्हीं की ज़िद थी कि तसवीर बनवाऊँगी तो उस्ताद रामदयाल से ही।"

एक बाहरी आदमी के साथ नवाब को महल के भीतर आते देख बाँदियाँ आश्चर्यचकित हो गईं। नवाब ने एक दासी से कहा, "बेगम से

कह दो कि उस्ताद रामदयाल आए हैं। गुनियों से क्या परदा!" बेगम ने सुना तो दौड़ी आईं, परन्तु चित्रकार को देखकर स्तब्ध हो गईं। उनके मुँह से निकला, "हंस!"

चित्रकार की भी वही दशा थी, उसके मुँह से भी निकल पड़ा, "किंकिनी!" दोनों एक-दूसरे की ओर एकटक देखते रहे। नवाब ने पूछा, "क्या आप लोग एक-दूसरे को पहले से पहचानते हैं?" रामदयाल चुप रहा।

"हाँ भी, नहीं भी," बेगम ने प्रकृतिस्थ होकर कहा, "हाँ यों कि हम दोनों एक बार पहले मिल चुके हैं। नहीं इसलिए कि मैं यह नहीं जान पाई थी कि आप ही उस्ताद रामदयाल हैं।"

"हंस-किंकिनी क्या?"

"एक रागिनी का नाम है," हँसकर बेगम ने कहा, "उसी से तो हम दोनों ने एक ही बार मुलाक़ात रहने पर एक-दूसरे को इतनी जल्दी पहचान लिया। मैंने हंस-किंकिनी रागिनी गाई थी। इन्होंने मज़ाक में कहा था कि हंस के पैर में किंकिनी बाँध दी जाएगी तो वह निश्चय शिकारी के तीर का शिकार बन जाएगी।"

"ओह!" नवाब ने कहा था।

"ओह!" चित्रकार के मुँह से निकला। उसकी पत्नी ज़ोर से उसका कन्धा हिला रही थी।

"ओह! मस्जिद के दक्षिणवाला हनुमानजी का मन्दिर मुसलमान तोड़ रहे हैं। इसके बाद वे हम लोगों पर टूट पड़ेंगे। मैं पहले ही कहती थी कि घर छोड़कर कहीं हट चलो!"

"इतना हल्ला क्यों करती हो?" चित्रकार ने झल्लाकर कहा, "आज सत्ताईस वर्ष से मैं बाहर नहीं निकला। अब आज बाहर निकलकर दुनिया को क्या मुँह दिखाऊँगा?"

4

''गोरों और तिलंगों को लेकर जैंडल साहब आ गए। अब जान बच जाएगी,'' शान्ति की साँस लेकर चित्रकार ने पत्नी से कहा।

चित्रकार की पत्नी ने जिसे 'जैंडल साहब' समझा वह वास्तव में बर्ड थे। ज़िला मजिस्ट्रेट मिस्टर बर्ड ने आते ही दंगाइयों को फुर्र से उड़ा दिया। इतने में उसकी निगाह ऊपर बरामदे में खड़े वृद्ध दम्पती की ओर गई। उसने समझा कि ये असहायता के कारण नहीं भाग सके हैं। उन्हें किसी सुरक्षित स्थान पर पहुँचा देना उसने अपना कर्तव्य समझा। बरामदे के नीचे आकर उसने रामदयाल को कुछ दिन के लिए किसी सुरक्षित स्थान में चले जाने के लिए समझाना आरम्भ किया, परन्तु रामदयाल के पास एक ही जवाब था–''साहब, सत्ताईस बरस में मैं एक बार भी घर से बाहर नहीं निकला। इस उम्र में मेरी प्रतिज्ञा भंग न कराइए।'' लाचार होकर बर्ड चला गया। चित्रकार की पत्नी अपने पति पर पुनः हँसने लगी, ''क्यों नहीं चले गए? साहब इतना समझा रहा था। बेमौत मरने से क्या लाभ?''

''बेमौत कोई नहीं मरता,'' चित्रकार ने झल्लाकर उत्तर दिया, ''बेमौत मरना होता तो मैं मिर्ज़ा अस्करी के ही हाथों कभी का मर चुका होता; सत्ताईस बरस से चोरी के कलंक का बोझ न ढोता।''

''परन्तु तुमने तो तसवीर नहीं चुराई थी।''

''बहुत दिन तक मैं भी यही समझता था कि मैंने तसवीर नहीं चुराई, परन्तु इधर विचार करने पर यही प्रतीत होता है कि जो कुछ मैंने किया वह मेरी अधमता ही थी।''

''मुझे तो तुमने कभी कुछ बताया नहीं।''

''कोई यज्ञ तो किया नहीं था जो तुमसे कहता! वह सब सोचने से भी दुख होता है।''

''फिर भी?''

''चुप रहो।''

रामदयाल ने पत्नी को चुप करा दिया, परन्तु स्वयं उसका मन चुप न रह सका। वह उससे बार-बार चुपके-चुपके कहने लगा, 'कह क्यों नहीं देते कि...'

'तम्बाकू में अफ़ीम की पुट देनेवाली यह टिकियावाली अमीरन तेरी बाल्यसंगिनी किंकिनी है। यही किसी समय काशी की प्रसिद्ध वेश्या अमीरजान थी। अपने रूप और गुण के बल पर वह नवाब अस्करी मिर्ज़ा की बेगम भी हो गई थी। परन्तु पूस की एक अँधेरी रात में, जबकि बिजली चमक रही थी और मूसलाधार पानी बरस रहा था, वह झाड़ू मारकर नवाब के महल से निकाल दी गई थी। उसका अपराध यही था कि उसने बचपन के एक साथी को पहचान लिया था; उसकी कला पर मुग्ध हो गई थी और पति की वस्तु होते हुए भी उसका बनाया चित्र अपना समझकर तुझे ही पुरस्कार में दे दिया था; तूने उसे स्वीकार कर किंकिनी का दूसरी बार सर्वनाश किया। क्योंकि नवाब ने यह सूचना पाकर भरी महफ़िल में कहा था, "बेगम बनने पर भी बाज़ारी बू नहीं गई।" और उन्होंने ऋषीश्वर भट्ट को चित्र का स्वामी बनाकर तुझ पर चोरी का अभियोग लगाया। तेरे दम्भ ने तुझे सत्य का दर्शन न होने दिया। तूने चोरी करना अस्वीकार किया, तेरा हाथ जला और तू सदा के लिए घर में मुँह छिपाकर बैठा रहा। कह दे, अपनी पत्नी से यह सब कह दे। तेरा भी बोझ उतर जाए!'

रामदयाल पत्नी की तरह मन को न डाँट सका। उलटे स्वयं अपराधी की तरह उसने बिना बोले ही कहा, 'यह जानता तो दिल्ली से न आता!' मन ने पुनः टोका, 'यहाँ आने में तूने कोई भूल नहीं की। भूलें की हैं तूने यहाँ आकर। जब तू चित्र बनाकर नवाब के पास गया तो उनके यह कहने पर कि "बेगम का रंग बहुत उजला है, आपने यह रंग क्यों दिया," तू चुप क्यों नहीं रह गया? और यदि बोला भी तो यह क्यों कह बैठा कि रंग सफ़ेद नहीं है, किन्तु इस भूरे और फीके केसरिया रंग के साथ आकाशीय नीले रंग का जो सम्मिश्रण है उसकी शोभा का आनन्द रसिक वैष्णव ही जानते हैं। यह तेरी पहली भूल थी। दूसरी भूल

तूने अमीरन से तसवीर लेते समय की। उससे वार्ता करने में तूने ख़याल न किया कि दरवाज़े से कान लगाए नवाब की बड़ी बीवी मुलतानी बेगम एक-एक शब्द सुन रही है।'

चित्रकार को वे बातें स्मरण हो आईं। वह बेगम के पास रात्रि के समय प्रथम बार एकान्त में आया था। पूर्व-व्यवस्था के अनुसार बेगम उसकी प्रतीक्षा कर रही थी। उसने उसे देखते ही कहा था–"तुमने तो वास्तव में बड़ी उन्नति की है हंस, याद है तुमने मुझे इसका वचन दिया था?" कहते-कहते उसका स्वर आर्द्र हो उठा था। वह गद्गद गले से बोली थी–"देखा, नारी का प्रेम पुरुष को उन्नत बनाता है, परन्तु पुरुष का प्रेम नारी को गिराता है।"

किंकिनी अपूर्व रूपशालिनी थी। वह आदर्श प्रतिमा थी, जिस पर कलाकार जान देते थे। सौ दीपकोंवाले झाड़ के उज्ज्वल प्रकाश में हंस किंकिनी को एकटक देख रहा था। उसने उत्तर नहीं दिया, स्वयं एक क़दम आगे बढ़ा। दो क़दम पीछे हटते हुए किंकिनी बोली, "आगे मत आओ, पतन की ओर न बढ़ो। मैं लाल-लाल आँखों के पहरे में रहकर अस्पृश्य हो गई हूँ।"

इस बार हंस का मुँह खुला। वह बोला, "ललाई की तलछट को हरियाली कहते हैं।" वह पुनः आगे बढ़ा। बाहर से किसी के ठठाकर हँसने की आवाज़ आई। किंकिनी ने तसवीर उठाकर हंस के हाथों में देते हुए कहा, "इसे लो और जल्दी चले जाओ।" हंस ने चित्र लिया और तत्काल ही चोर-दरवाज़े में अदृश्य हो गया।

सोचते-सोचते रामदयाल के समक्ष मुलतानी का चित्र खड़ा हो गया।

मुलतानी के शरीर में सौन्दर्य के अनेक उपादान थे, परन्तु भेद-वृद्धि ने उन्हें ढँक रखा था। नाक के दोनों ओर स्थूल कपोल और अधरोष्ठ तथा चिबुक के नीचे एकत्र वसा का स्मरण आते ही रामदयाल ने घृणा से मुँह बिचका लिया और तत्काल ही अत्यन्त आवेश में आ अपनी अँगुलियों के बढ़े हुए नखों पर अँगूठा फेरकर उनकी प्रखरता परखते हुए

वह ज़ोर से बोल उठा, ''यदि इस समय मुलतानी सामने होती तो अँगुलियों से उनकी आँखें निकाल लेता और नहीं तो मुँह का मांस नोच डालता।''

वैष्णव कलाकार ही मुखमुद्रा अत्यन्त हिंस्र हो उठी। पत्नी ने सत्ताईस वर्ष बाद जीवन में दूसरी बार पति का यह स्वरूप देखा। वह डर गई। किसी ने नीचे दरवाजा खटखटाते हुए कहा, ''दरवाज़ा खोलो, मैं मुलतानी हूँ।''

5

मुलतानी रामदयाल के सामने पहुँची। रामदयाल ने देखा कि सामने ग्यारह-बारह वर्ष की एक मैली-सी लड़की छींट का गन्दा कुरता-पाजामा पहने रटे हुए तोते की तरह कहती जा रही थी–

''बुआ अमीरन बहुत बीमार है। उन्होंने कहा है कि मैं अब कुछ दम की ही मेहमान हूँ। क्या आप मेरे घर कभी न आइएगा? बुआ ने यह भी कहा है कि समझाकर कह देना कि मैं अपने घर की बात कर रही हूँ, उन घरों की नहीं जहाँ से कोई मुझे भगा या उठा ले जा सकता हो।''

''तुम बड़ी बहादुर हो मुलतानी, दंगे में भी घर से निकल पड़ी हो!''

''इसमें बहादुरी क्या है?'' मुलतानी ने कहा, ''सड़क पर तो लोग चल-फिर रहे हैं। अलबत्ता, गली-कूचों में कहीं-कहीं लड़ाई हो रही है। मगर मेरा नाम मुलतानी नहीं, रकिया है। मैं नन्हें खाँ की लड़की हूँ।''

''तुमने तो मुलतानी बताया था?''

''ओहो, वह तो अमीरन बुआ सभी पाजी लड़कियों और औरतों को मुलतानी ही पुकारती हैं। मेरी शराफ़तों से उन्होंने मेरा नाम मुलतानी रख दिया है,'' रकिया उर्फ़ मुलतानी ने कहा।

रामदयाल चुपचाप उठ खड़ा हुआ। उसने एक चीथड़ा-सा कन्धे पर डाल लिया, टटोलकर लकड़ी उठा ली, फिर रकिया से कहा, चल!''

कृष्णप्रिया चुपचाप बैठी सब देख-सुन रही थी। अब उससे न रहा गया। उसने उठकर पति का हाथ पकड़ा, फिर पूछा, ''कहाँ जा रहे हो?''

''अमीरन के यहाँ,'' भर्राए स्वर में रामदयाल ने कहा। कृष्णप्रिया ने क्षण-भर पति का मुख ध्यान से देख फिर हाथ छोड़ दिया। रामदयाल ने एक हाथ से रकिया का कन्धा पकड़ा और दूसरे से लाठी ठकठकाता हुआ घर से निकल गया।

वह पग-पग ठोकर खाता था, गिरते-गिरते बचता था, फिर भी आतुरतापूर्वक चलता जा रहा था। सहसा 'दीन, दीन' के नारों से एक बार उसके कान सुन्न-से हो गए। रकिया सकपकाकर रामदयाल से सट गई। इतने में ही दस-पन्द्रह आदमियों ने दोनों को घेर लिया। रामदयाल ने मन-ही-मन कहा, 'अब सचमुच मौत आ गई। आध घंटा बाद आती तो प्रसन्नता से स्वागत करता।' ''मुसलमान की लड़की भगाए लिए जा रहा है। देखते क्या हो, मारो!'' एक दंगई ने कहा। दूसरे दंगई ने लड़की का हाथ पकड़कर उसे खींच लिया। उसके सहारे खड़ा चित्रकार मुँह के बल ज़मीन पर आ रहा। नाक और बचे-खुचे दाँत टूट गए। चेहरा रक्तरंजित हो गया।

सहसा दंगाइयों में भगदड़ मच गई। एक तेजस्वी तरुण ने तलवार से उन पर आक्रमण कर दिया था। क्षण-भर तो दंगई ठहरे, परन्तु तरुण की सहायतार्थ बरकन्दाज़ों की पलटन आते देख वे भाग खड़े हुए। तरुण ने आहत चित्रकार से कहा, ''जहाँ कहो, तुम्हें भेज दूँ। मैं काशी-नरेश का भाई प्रसिद्धनारायण हूँ।''

''भगवान आपका भला करे,'' पुनः पार्श्व में आकर खड़ी रकिया के कन्धे पर हाथ रखते हुए कलाकार ने कहा, ''मैं तो इस लड़की के साथ जाऊँगा।'' तरुण चला गया। वे दोनों भी अपनी राह चले।

सहसा एक झोंपड़ी की चौखट पर चित्रकार को खड़ा करती रकिया ने कहा, ''आप इसमें जाइए। बगल में मेरा घर है। अपने घर जाती हूँ।''

रकिया अपने घर चली गई। दुविधा में पड़ा रामदयाल चौखट पर खड़ा रहा। उसने सुना कि भीतर अमीरन वायु के प्रकोप में गाने का प्रयत्न कर रही है–"मोरे मन्दिर अजहूँ नहीं आए!"

अमीरन के स्वर में तेज का प्रकाश नहीं रह गया था। उसकी जगह करुणा की आर्द्रता आ गई थी। रामदयाल सुनने लगा–

"मैं का हाय करूँ मोरी आली,
किन सौतिन बिलमाए!"

उसने आलाप लेने का प्रयत्न किया। गिटकिरी भरना चाहा, परन्तु भीषण हिचकी आई। केवल इतना ही सुन पड़ा–"आए, आए, आए।"

रामदयाल अब न रुक सका। वह लपककर भीतर घुसा। उसने पुकारा, "किंकिनी!"

परन्तु किंकिनी मौन पड़ गई थी। उसकी आँखें खुली थीं और उसके मुख पर विजय-गर्व की मुसकान थी।

कोठरी में स्वर गूँज रहा था–'आए, आए, आए!'

अल्ला तेरी महजिद अव्वल बनी

राजघाट पर पुराने क़िले के खँडहर में पड़ी ब्रिटिश फ़ौज की छावनी में सुबह होते ही तहलका-सा मच गया। सभी भयभीत हो उठे। बात भी असाधारण थी। रात को दस बजे अन्तिम 'राउंड' लगाकर स्थानीय सैनिक-टुकड़ी के सर्वोच्च अधिकारी मेजर बकले भले-चंगे अपने शिविर में सोने गए। परन्तु सुबह अपनी कुर्सी पर मरे पाए गए।

मेजर बकले अभी बिलकुल तरुण थे और अपने अफ़सरों तथा मातहतों दोनों के प्रिय पात्र। इस बार छुट्टी में घर जाने पर उनका विवाह भी होनेवाला था। ऐसे सुखी आदमी द्वारा आत्महत्या की बात की तो कल्पना ही नहीं थी। इसलिए लोग मेजर की मृत्यु में किसी रहस्य की कल्पना कर रहे थे। उनके शरीर पर किसी प्रकार के अस्त्र-शस्त्र का घाव भी नहीं था। बाहर पहरे पर खड़े सन्तरी का बयान था—''मेजर साहब रात बहुत प्रसन्न थे, प्याले-पर-प्याला चढ़ाए जा रहे थे और भर्राए गले से 'व्हेन सैली केम इनटू द गार्डेन' (उपवन में जब सैली आई) गाए जा रहे थे। एक बार बाहर आकर मुझसे कहा कि 'मैं एक ज़रूरी पत्र लिखने जा रहा हूँ। तुम राउंड लगाने में खड़-बड़ करके डिस्टर्ब (अशान्ति) मत करना।' फिर वह भीतर जाकर पत्र लिखने लगे। बारह का घंटा बजने के ठीक बाद ही एक बार भीतर 'क्लैरा, क्लैरा' कहने की आवाज़ आई और किसी चीज़ के गिरने का धमाका हुआ। फिर सब

शान्त हो गया। मैंने समझा कि मेजर साहब नशे में शायद कैम्प-बेड (शिविर शय्या) से गिर पड़े और फिर चुपचाप सो गए।"

मेजर के कैम्प में उनके उच्च सहयोगी उनकी लाश के इर्द-गिर्द कुरसियों पर बैठे थे। मिलिटरी सर्जन ने शव-परीक्षण के पश्चात् हृदय की गति बन्द हो जाने से मृत्यु की घोषणा कर दी। कप्तान गोवर ने यथासम्भव मुखमुद्रा विषाद, मलीन बनाते हुए कहा, "इस ट्रैजेडी (त्रासद दुखजनक घटना) में इतनी ही सन्तोष की बात है कि इसे अपनी वाग्दत्ता के विश्वासघात का कड़वा प्याला नहीं पीना पड़ा।"

लेफ़्टिनेंट हिल ने अपनी काहिल आँखें गोवर की आँखों से मिलाते हुए आश्चर्य-भरे स्वर से पूछा, "अच्छा?" "हाँ," गोवर ने कहा, "आज ब्राइटन से मेरे एक मित्र का पत्र आया है। वह एम.पी. (पार्लमेंट का सदस्य) है। उसी ने क्लेरिसा कीर्टिंग से ब्याह किया है।"

"जो चिट्ठी लिखते-लिखते मेजर मरे हैं, उसे पढ़ना चाहिए। शायद हृदय की गति बन्द होने के कारण का पता चल जाए।" फ़ौजी सर्जन ने कहा। गोवर ने भी स्वीकृति दी। हिल ने टेबल पर से चिट्ठी उठा ली और उसे रुक-रुककर पढ़ने लगा–

फ़ोर्ट, राजघाट
बनारस
सितम्बर, 1858

"मेरे हृदय की रानी,

"वेस्लियन मिशन के फ़ादर मोनियर के हाथ तुमने जो चिट्ठी भेजी थी वह मुझे मद्रास में ही मिल गई। परन्तु मुझे उसी वक़्त कर्नल नील के साथ उत्तर भारत के लिए रवाना होना पड़ा। तुम्हीं समझो यह मेरा कितना बड़ा दुर्भाग्य था कि तुम्हारा चिर-प्रतीक्षित पत्र मेरे हाथ में हो और मुझे उसे खोलने तक का अवकाश न मिले! फिर भी मैंने उसे चूमा–बार-बार चूमा। मगर कीट्स की तरह मैं भी यह नहीं बता सकता कि चुम्बनों की संख्या फ़ोर (चार) थी या एस्कोर (एक कोड़ी)। फिर

इस समय भी पुरवा हवा चल रही है। मैं इसे चूम रहा हूँ। शायद मेरा चुम्बन यह तुम्हारे पास तक पहुँचा दे।

''इस गरम मुल्क में रहने के बावजूद अत्यन्त स्वस्थ और प्रसन्न हूँ।

''गदर बिलकुल दबा दिया गया। अब हम लोग विद्रोहियों को दंड देने के बहाने हिन्दुस्तानियों को ऐसी सीख दे रहे हैं कि वे सैकड़ों वर्ष तक सिर न उठा सकेंगे। सचमुच कर्नल नील बड़ा बहादुर आदमी है। वह जैसा बहादुर है वैसा ही बुद्धिमान। उसने यहाँ सड़क की दोनों पटरियों पर सैकड़ों 'टाइबर्न' (लन्दन में वह स्थान जहाँ उन दिनों मृत्यु-दंड-प्राप्त अपराधियों की सज़ा सार्वजनिक रूप से कार्यान्वित की जाती थी) बना दिए हैं। वह अपने साथ फ़ौज और रस्सियों के हज़ारों टुकड़े लेकर चलता है। सड़क पर जहाँ कोई नेटिव (भारतवासी) दिखाई पड़ा कि फिर उसकी ख़ैर नहीं। वह बूढ़ा हो या जवान, तुरन्त पकड़ लिया जाता है। रस्सी के एक टुकड़े से उसका हाथ पीछे बाँध दिया जाता है और दूसरा टुकड़ा गले में बाँधकर सड़क के किनारे किसी वृक्ष की डाली से उसे लटका देते हैं। यह वस्तुतः मज़ेदार चीज़ होती है— ऊपर हवा में पाँच मिनट अद्भुत नृत्य होता है और नीचे हम लोग 'इन ऑनर ऑफ़ ओल्ड इंग्लैंड' (वृद्ध इंग्लैंड की प्रतिष्ठा के लिए) 'थ्री चीयर्स' देते (तीन बार हर्ष-ध्वनि करते) हैं।

''कल्पना करो, और इस दृश्य का मेरी ही तरह आनन्द लो। फ़ौज की एक टुकड़ी के साथ मुझे यहाँ छोड़ कर्नल नील कलकत्ता गया है।

''हम लोग यहाँ एक खँडहर में रहते हैं, जिसे यहाँ वाले अब तक क़िला ही कहते हैं। यह शहर भी अजीब है, यहाँ के बहुत पुराने नगरों में है। मुसलमान जिस पूज्य दृष्टि से मक्का, यहूदी फ़िलस्तीन और ईसाई यरूशलम या रोम को देखते हैं, इस नगर के प्रति हिन्दुओं की दृष्टि उससे भी अधिक श्रद्धा-सम्पन्न है। मेरे एक सिविलियन दोस्त ने मुझे बताया है कि यहाँ के लोग बड़े ही 'टर्बुलेंट' (दुर्दान्त) हैं; वे गम्भीर बातों पर विज्ञतापूर्ण दृष्टि से मुसकराते हैं और छोटी-छोटी बात पर लड़ मरते हैं।

“गत सप्ताह की बात है। मेरी रेजिमेंट का कार्पोरल ब्लिस रात में चुपके से शहर चला गया था। यहाँ ब्रिटिश सैनिक प्रायः रात को छावनी से भाग जाया करते हैं। हम अफ़सर लोग भी इसमें कोई अन्याय या अनीति नहीं समझते। मानव-स्वभाव को कुछ छूट देनी ही होगी। ख़ैर, सवेरे ब्लिस भटककर नगर के 'इंटीरियर' (भीतरी भाग) में जा पहुँचा।

“यहाँ यह बात जान रखनी चाहिए कि यहाँ की गलियाँ बड़ी ही तंग, गन्दी और बड़ी ही चक्करदार हैं। ऐसी ही एक गली में घुसकर ब्लिस ने देखा कि एक दुकान पर छोटी-छोटी, गोल-गोल, पीली-पीली कई चक्करवाली कोई मिठाई एक बहुत बड़े बरतन में भरे हुए रस में तैयार हो रही है। एक आदमी लोहे के किसी लम्बे औज़ार से उन्हें उसमें उलट-पुलट कर बाहर निकाल एक दूसरे बरतन में रखता जाता है।

“ब्लिस को भूख लगी थी। उसने पैसा निकालने के लिए एक हाथ पैंट की जेब में डाला और दूसरा हाथ मिठाई पर। बेचारे के दोनों हाथ फँसे थे। इतने में मिठाईवाले ने उसी गरम रस में सने लोहे के औज़ार को ब्लिस के सिर पर मारा। ब्लिस सिर बचा गया, परन्तु औज़ार कनपटी पर पड़ा और उसका कान कट गया। कोई नेटिव होता तो घबराकर वहीं 'कलैप्स' कर (ढेर हो) जाता। उसने 'रिट्रीट' (पलायन), इसे रिट्रीट तो नहीं कह सकते, इस प्रकार की 'सार्टी' (कावेबाजी) से काम लिया और गलियों का व्यूह भेदते हुए छावनी वापस आ गया। परन्तु फिर बाद में वह उस गली का न पहचान सका जहाँ उक्त दुर्घटना हुई थी। नहीं तो हम लोग हलवाई को कच्चा ही चबा जाते।

“प्रिये, पत्र लम्बा हुआ जा रहा है। पर क्या करूँ, लिखने का अवसर भी तो कम मिलता है। अब तक मैंने औरों के बारे में लिखा है। अब कुछ अपने बारे में भी लिखूँगा।

“जैसा मैं पहले लिख चुका हूँ, यह देश बड़ा विचित्र है और उसमें भी इस बनारस का तो कहना ही क्या! यहाँ आकर मैं भयंकर उलझन में फँस गया हूँ। 'हैमलेट' में किंग ऑफ़ डेनमार्क (डेनमार्क के राजा) का प्रेत जैसे अपनी क़ब्र से निकलता है वैसे ही यहाँ एक बुढ़िया भी

गोर से बाहर निकलने के लिए बेचैन है। आधी रात होते ही वह कल क़ब्र से बाहर निकली थी। जिसे छोटी-सी मस्जिद में उसका मज़ार है वह भी उसकी बनवाई हुई है। दो बजे रात तक मस्जिद के खुले सहन में वह टहलती और गाती रही। सब तो समझ में नहीं आया, लेकिन गीत की पहली पंक्ति स्पष्ट सुन पड़ी–'अल्ला तेरी महजिद अव्वल बनी!' (हाउ ग्रैंड इज़ दाइ मॉस्क, ओ लॉर्ड!)

"प्रिय क्लैरा, पढ़कर चौंकना मत। यह औरत बेतरह मेरे पीछे पड़ी है। यह जानकर डरना भी मत कि मेरे ही हुक्म से परसों सुबह छह बजे इसे गोली मारी गई थी। यह बड़ी विचित्र औरत थी। इसकी कहानी मैं तुम्हें सुनाता हूँ। इससे तुम समझ सकोगी कि 'नेटिव' (देशी) औरतें 'लव अफ़ेयर्स' (प्रेम-प्रपंच) में कितनी बुद्धिहीन होती हैं। सच तो यह है कि इन्हें प्रेम करना और उसे निबाहना आता ही नहीं।

"इस औरत का नाम रकिया था और मृत्यु के समय उम्र 58 साल। यह मुलतानी नाम से भी मशहूर है। 'अपने एक 'लव इंट्रीग' (प्रेम-प्रपंच) में इसे अपनी नाक गँवानी पड़ी थी। इससे इसकी आकृति बड़ी भयावह हो उठी। इसके बारे में मुझे जो पता लग सका है उसके अनुसार वह लड़कपन में ही किसी को दिल दे बैठी थी, परन्तु वह आदमी इसकी पहुँच से बहुत ऊँचे था। विवाह की तो बात ही क्या, वह उसके सामने भी नहीं पहुँच सकती थी। दूसरी ओर, स्वभाव से अमाजान (चंडी) होने के कारण इसने किसी भी पुरुष से विवाह कर सहचरी का परावलम्बी पद ग्रहण करना स्वीकार नहीं किया। सुनता हूँ, उसके पास प्रचुर रूप था। बड़े-बड़े लोग उसे पत्नी का सम्मानित पद देना चाहते थे–परन्तु उसने सबका प्रस्ताव ठुकरा दिया और स्वेच्छा से अनैतिक जीवन बिताती रही।

"तुम्हें सुनकर आश्चर्य होगा कि यह औरत भी झाँसी की रानी की तरह ग़दर को आज़ादी की लड़ाई मानती थी। इसीलिए ग़दर के दिनों में यह फ़ैनेटिक (हिंस्र और कट्टर) हो उठी थी। यद्यपि बनारस में ग़दर का ज़ोर नहीं था, परन्तु कुछ अंग्रेज़ अधिकारियों की कमज़ोरी से बड़ी गड़बड़ी मची। अंग्रेज़ों में भगदड़ पड़ गई। वे नावों पर बैठ-बैठकर चुनार

की ओर चले। इस नगर की यह भी एक विचित्रता है कि यहाँ पर हमारा राज्य होते हुए भी एक दूसरा आदमी यहाँ का राजा कहलाता है। सुना है, परन्तु सबूत नहीं मिलता कि इसी राजा के बाप ने अपने क़िले के नीचे नदी में अंग्रेज़ों से भरी कई नावें डुबा दीं। हम लोगों ने उसे फाँसी दे दी होती, पर जैसा कि कह चुका हूँ, सबूत नहीं मिलता।

''उस घाट पर डूबनेवाली अभागी नौकाओं में से एक मिस्टर बेंटले नामक एक अंग्रेज़ व्यापारी का भी परिवार था। बनारस में उन्होंने मुलतानी को अपने बच्चे की आया नियुक्त कर रखा था। उस परिवार की अन्तिम यात्रा में मुलतानी भी उनके साथ थी। नाव डूबी, परन्तु यह बच गई। यह एक बार भी कह देती कि अमुक व्यक्ति की आज्ञा से नाव डूबाई गई और तट की ओर तैरनेवालों पर गोली चलाई गई, तो हमारा सारा काम बन जाता। लेकिन रकिया बड़ी जिद्दी औरत थी। सभी वैज्ञानिक यन्त्रणाएँ दी गईं, परन्तु उसका एक ही जवाब था–'मैं नहीं जानती, नाव कैसे डूबी'।''

''सुना था, उसी नाव पर झालर नाम का एक हिन्दू 'क्लर्जी' (पुरोहित) भी सवार था। वह बहुत खोज करने पर गिरफ़्तार किया जा सका। यहाँ के हिन्दू क्लर्जी साधारणतया बहुत तगड़े और बातूनी होते हैं परन्तु झालर अत्यन्त दुर्बल और 'इम्बेसाइल' (मूढ़) निकला। उसे यह भी नहीं याद है कि उसकी नाव कभी डूबी भी थी। लाचार होकर उसे रिहा करना पड़ा। लेकिन वह औरत! उसका रोआँ-रोआँ विद्रोही था।

''जीवन-भर रकिया समाज-विद्रोह कर जीती रही और अन्त में राज्य-विद्रोह कर मरी।''

''बनारस से होकर जानेवाली विद्रोही सेना के स्वागत में इसने बनियों को भड़काकर कुओं में चीनी-भरे बोरे डालकर शरबत तैयार कराया था। इतनी ही बात पर इसे सौ बार गोली मारी जा सकती थी। परन्तु बड़ी मछलियाँ हाथ लग सकें, इसलिए मैंने इसे बहुत समझाया कि राजा के बाप प्रसिद्धनारायणसिंह के बारे में तू जो-कुछ जानती है, सचमुच बता दे, मैं तेरी जान बचा दूँगा। मेरी बात सुनकर उसने कोई जवाब नहीं दिया;

खड़ी-खड़ी मुसकराती रही। उसके नाक-कटे मुँह पर वह मुसकान सचमुच बड़ी भीषण थी। दोपहर का समय था, चारों ओर सशस्त्र सन्तरियों की भीड़ थी। फिर भी एक बार मैं डर गया, तथापि मैंने अपनी बात जारी रखी। आख़िर मेरी बात सुनते-सुनते वह तैश में आ गई। अपना शैतान चेहरा और भी भीषण बनाकर उसने कहा, 'कैसी बातें करते हो, साहब! कुछ देर के लिए तुम अपने को औरत समझ लो और फिर सोचो कि जब तुम दस बरस के थे उस समय किसी ने तुम्हारी जान बचाई। उसी दिन तुमने उसे दिल दे दिया; सारी उमर उसी की याद में बिता दी। आख़िरी उमर में किसी ने तुमसे अपने माशूक के खिलाफ गवाही देने के लिए कहा। अब तुम्हीं कहो, क्या तुम सचमुच बयान दे सकोगे?'

" 'अपनी जान सबको प्यारी होती है; उसे बचाना कौन न चाहेगा?' मैंने कहा।

" 'सात समुन्दर तेरह नदी पार तुम्हारे देस में ऐसा होता होगा, लेकिन यहाँ तो कोई जहाँगीर भी आए और मेरे माशूक के खिलाफ मुझसे कुछ कहलाकर मुझे नूरजहाँ भी बनाना चाहे तो भी मैं तख़्ते-हिन्दुस्तान को ठोकर मार दूँ।'

"इस बेहूदा और बदसूरत बुढ़िया को अपनी तुलना नूरजहाँ से करते सुनकर मुझे हँसी आ गई। मैंने कहा, 'क्या जान बचाने के लिए भी नहीं?'

" 'जान-जान क्या करते हो? जान तो एक दिन जाएगी ही,' उसने शेरनी की तरह दहाड़ते हुए कहा। मुझे भी उसकी गुस्ताख़ी पर गुस्सा आ गया।

"मैंने कहा, 'तुम्हारी जान कल ही जाएगी—सुबह ठीक छह बजे गोली मारकर। प्राणदान के सिवा जो इच्छा हो बताओ, पूरी कर दी जाएगी।'

" 'मेरी कोई इच्छा आज तक पूरी नहीं हुई। कोई कर ही न सका। तब तुम क्या करोगे? फिर भी,' उसने अपनी बनवाई हुई मस्जिद की ओर इशारा करके कहा, 'अगर तुमसे हो सके तो मुझे जुमेरात तक जीने दो। मैंने यह महजिद बड़े चाव से बनवाई, लेकिन कूढ़मगज मुल्ला ने फतवा दे दिया कि कसब की कमाई से बनी महजिद में मुसलमान को

नमाज न पढ़ना चाहिए। खैर, कोई बात नहीं। मुझे दो-चार रोज और जीने दो, जुमेरात को मैं वहाँ नमाज पढ़ लूँ। उसी दिन ईद है, अपनी महजिद में मैं खुद रतजगा कर लूँ, फिर सुबह तुम खुशी से गोली मार देना। उसी महजिद में मैंने अपनी कब्र भी तैयार करा रखी है।'

" 'अब कुछ नहीं हो सकता, हुक्म बदला नहीं जा सकता,' मैंने कहा। 'तब तुमने मेरी ख्वाहिश क्यों पूछी? झूठे कहीं के! लेकिन तुम भी इतना जान रखो कि मैं ईद की रात अपनी महजिद में जरूर नमाज पढ़ूँगी और जरूर-जरूर रतजगा करूँगी। तुम मुझे रोक नहीं सकते,' उसने कहा और इसके बाद हँसते हुए और 'अल्ला तेरी महजिद अव्वल बनी' गाते हुए वह सिपाहियों के पहरे हवालात में चली गई।

"परसों सुबह उसे गोली मार दी गई, उसे मिट्टी भी दे दी गई। फिर भी जैसा कि मैं ऊपर लिख चुका हूँ, वह रात में मस्जिद में टहलते और गाते देखी गई। जिस सिपाही ने मुझे पहले यह ख़बर दी उसे मैंने डाँट दिया। परन्तु अपनी आँख और कान पर मैं कैसे अविश्वास करूँ?

"प्रिय क्लैरा! आज ही ईद है। मस्जिद के ठीक सामने अपने कैम्प में बैठा हुआ यह चिट्ठी मैं तुम्हें लिख रहा हूँ। रात के बारह बजना ही चाहते हैं। समूचे कैम्प में सन्नाटा छाया हुआ है। हवा साँय-साँय चल रही है। आसमान में चाँद नहीं है, तारे खूब खिले हैं। लो, सन्तरी ने बारह का घंटा भी बजा दिया, और वह देखो, मस्जिद के सहन में नकटी बुढ़िया ने भी चहलक़दमी शुरू कर दी। उसके नकिया-नकियाकर गाने की आवाज़ मेरे कानों में आ रही है। अरे, आज यह क्या? वह शैतान मस्जिद से निकलकर मेरे कैम्प की ओर आ रही है। कितनी जल्दी-जल्दी आ रही है वह! लो, वह दरवाज़े पर पहुँच गई! शायद सूअर का बच्चा मेरा सन्तरी सो गया। क्लैरा-क्लैरा, मुझे बचाओ! मेरी हालत ख़राब हुई जा रही है। अरे, वह तो कमरे में आ गई! इसका गाना सुनकर मेरा खून पानी हुआ जा रहा है। बन्द कराओ, बन्द कराओ, मेरा गला घुट रहा है। बन्द कराओ इसका यह गाना—"अल्ला तेरी महजिद...!' "

रोम-रोम में वज्रबल

1

रस्सी के अभाव में अपनी धोती से ही फाँसी लगाने के लिए रामरज से रंगी दीवार के ऊपर टँगी बालब्रह्मचारी हनुमानजी की तसवीर के सामने निर्वसन होने की कल्पना-मात्र से गोदावरी लजा गई। उसे ऐसा करने में आत्महत्या से भी बढ़कर पाप प्रतीत होने लगा। वह चित्र की ओर देर तक एकटक देखी रही और तब निश्चय कर बैठी कि मैं हनुमानजी के सामने नग्न होकर फाँसी नहीं लगा सकती। इससे अच्छा तो छत पर से नीचे गली में कूद पड़ना है।

छत का ध्यान आते ही वह कोठरी से बाहर निकली। मुँड़ेर पर चढ़कर नीचे झाँकते ही उसे झाईं आने लगी। वह डर गई और उधर से उसने अपना मुँह फेर लिया। मुँह फेरते ही उसे सामने गंगा की धारा बहती हुई दिखाई पड़ी। उसने सोचा कि गंगा में डूबकर भी प्राण दिया जा सकता है। उसे आश्चर्य हुआ कि आत्महत्या का इतना सरल उपाय उसे अब तक क्यों नहीं सूझा था!

अब गोदावरी गंगा में डूबने चली। उसके जीवन में सूनेपन का विष शनैः-शनैः इतना अधिक घुल चला था कि वह प्रत्येक श्वास के साथ

कड़वी निराशा पीने और निश्वास के साथ घृणा की दुर्गन्ध वमन करने लगी। वह स्पष्ट अनुभव करती थी कि जिस जीवन में स्नेह, सम्मान, धन आदि में से अहं की तृप्ति का एक भी सम्बल न हो, वह सचमुच मृत्यु है और ऐसे जीवन की मृत्यु ही वास्तविक जीवन। उसकी गिनती उन सुहागिनों में थी जिनका जीवन विधवाओं से भी अधिक दुर्वह होता है। तब उसने आत्महत्या का निश्चय किया। सर्वप्रथम उसने विष खाने की इच्छा की, परन्तु वह उसे मिल न सका; एक गज़ रस्सी के अभाव में वह फाँसी न लगा सकी; छत से कूदने में उसे भय लगता था, इसलिए वह गंगा में डूबने चली।

माघ का सवेरा था। आकाश में घोर घटा छाई थी। सूर्य का दर्शन नहीं हो रहा था और तीर की तरह छेदती हुई तीखी हवा चल रही थी। फिर भी गोदावरी गंगा-तट पर पहुँची। शीत की अधिकता के कारण दो-ही-चार स्नानार्थी इधर-उधर घाटों पर दिखाई पड़ रहे थे, घाट भी कम लगे थे, परन्तु और भी एकान्त स्थान की खोज में गोदावरी आगे बढ़ती गई और दत्तात्रेय मन्दिर के नीचे से होती हुई भोंसला घाट की सीढ़ियाँ उतरी। यह देखकर कि घाट पर केवल दो आदमी हैं वह आश्वस्त हुई और उनके हट जाने की प्रतीक्षा में वह पानी में पैर लटकाकर अन्तिम सीढ़ी पर बैठी रही।

2

गंगा में कमर-भर खड़े जीतू केवट ने पानी में छितनी छान, उसमें पड़ा कंकड़-पत्थर सीढ़ी पर उलट दिया और अपनी चपल परन्तु अभ्यस्त अँगुलियों से वह उस ढेरी में टटोलने लगा। धातु-खंड का स्पर्श होते ही उसकी संवेदनशील अँगुली क्षण-भर रुकी। दूसरी अँगुली ने उसकी सहायता की और दोनों अँगुलियों ने मिलकर वह टुकड़ा उठाकर जीतू

की आँखों को दिखाया। आँखों ने उस धातु-खंड का मूल्य आँका और बिचककर मुँह ने कह दिया, "बस, मद्धसाही!"

"का भयल, जीतू?" ऊनी कनटोप पर चारखाने का अँगोछा कसते और शरीर पर पड़ा कम्बल और भी कसकर लपेटते हुए ननकू घाटिये ने पूछा। मद्धसाही कान में खोंसते हुए जीतू ने परम असन्तुष्ट स्वर में उत्तर दिया, "न जाने केकर मुँह देखकर उठल रहली, गुरु। आज दमड़ी कऽ डौल नाहीं देखात। जाड़ा-पाला में घंटा-भर तऽ पानी में ऐंठन बीत गयल। एहर पेइ अइसन चंडाल हौ कि मानत नाहीं।"

"ई तऽ हई हौ! आज जर-जात्री के आवै कऽ तऽ कौनो लच्छन हौ नाहीं, हमहूँ घाट उठाय के घरे चल जाइत लेकिन बाबू सिबनाथ सिंह के आसरे बैठल हई। ऊ गंगा नहाए कऽ नेमी हउअन। रोज हमरै घाट पर नहालन। लेकिन अब तोहऊँ पानी में से निकस आवऽ। बदरी कऽ हावा बेकार करी।" ननकू ने सहानुभूति-भरे स्वर में जीतू को समझाया। परन्तु जीतू पूरब की ओर से आते हुए एक बजड़े को बड़े ध्यानपूर्वक देख रहा था। बजड़ा लहरों पर तिनके की तरह नाच रहा था। स्पष्ट जान पड़ता था कि वह कर्णधारों के क़ाबू के बाहर हो गया है। फिर भी वे जी-जान से उसे किनारे लगाने का प्रयत्न कर रहे हैं। बजड़े पर निगाह जमाए हुए ही जीतू ने उत्तर दिया, "अब तऽ ओखरी में मूड़ पड़ी गैल हौ, मूसर के चोट से कहाँ तक डेराब?" जीतू की बात के जवाब में ननकू कुछ कहने ही जा रहा था कि जीतू की अष्ठवर्षीय पुत्री मछिया की आवाज़ सुन पड़ी, "हे बाबू, मूँड़ी हम खाब।" ठीक उसकी आवाज़ का पीछा करते हुए उसके बेटे झिंगवा का स्वर सुन पड़ा, "नाहीं बाबू, मूँड़ी हम खाब!" और आगे-आगे मछिया तथा उसके पीछे झिंगवा दोनों ही भागते हुए आकर बाप के पास ऊपर सीढ़ी पर खड़े हो गए।

बजड़े की ओर से निगाह हटाकर जीतू ने अपने बेटे-बेटी की ओर मुँह किया और कहा, "घरे रहीं तऽ तूँ लोगन कऽ भाई करेजा खाय। बहरे रहीं तऽ तुँ लोग मूँड़ चबाए दौड़ल आवाऽ। हमार जान तऽ बड़ी साँसत में हौ भाई!"

जीतू की आँख में कौतुक नाच रहा था, परन्तु उसके स्वर की कठोरता से झिंगवा डर गया और उसका चेहरा उतर गया। उधर मछिया की आँखों ने पिता की आँखों में विनोद का संकेत देखा। वह हँस पड़ी और अपने आँचल में से एक बड़ी-सी रोहू मछली निकालकर दिखाते हुए उसने कहा, ''तोहार मूँड़ी नाहीं बाबू, रोहू कऽ मूँड़ी खाब!''

रोहू देखकर जीतू के मुँह में भी पानी भर आया। उसने पूछा, ''एतनी बड़ी रोहू तैं कहाँ पाय गइली, मछिया?''

''मम्मा के घर से आइल हो,'' मातुल-गृह के गर्व से गलकर मछिया ने उत्तर दिया। जीतू ने भी सन्तुष्ट होकर आदेश दिया, ''लेजो! अपने माई से कह दे कि एकर रसा बनावै। जो!''

मछिया और झिंगवा दोनों चले गए। लहरों पर उछलता हुआ बजड़ा घाट के समीप आ रहा था। जीतू ने ननकू से कहा, ''खायके जुगुत त बइठ गयल, गुरु! अब एक सूकी मिल जाए तऽ पियहू कऽ ठेकाना हो जाता।''

इतने में बजड़ा किनारे लगा। उस पर सवार एक बंगाली यात्री ने पूछा, ''झालर ठाकुर का घर कहाँ है?''

3

गोदावरी घाट खाली होने की प्रतीक्षा करते-करते ऊब गई। घुटने तक उसके दोनों पैर पानी में थे। शरीर में सरद हवा लग रही थी, परन्तु उसके हृदय में जो आग जल रही थी उसकी आँच ज्यों-की-त्यों थी। उसने ननकू और जीतू की बातचीत सुनकर इतना समझ लिया कि दोनों ही अभाव-पीड़ित हैं। उनकी पीड़ा से उसे यह सोचकर एक प्रकार का सन्तोष हुआ कि विश्व में मैं ही अकेली अभावग्रस्त नहीं हूँ।

जीतू और मछिया की वार्ता से उसकी सन्तोष-भावना कुंठित हो गई। पति-पुत्र से भरे गार्हस्थ जीवन का मनोरम चित्र उसकी आँखों के

सामने खींच गया। उसके हृदय में टीस-सी उठी और जिस समय जीतू ने स्नेह-गद्‌गद कंठ से अपनी पत्नी की चर्चा चलाई तो उस अज्ञात केवट-कामिनी के सौभाग्य पर गोदावरी का मन ईर्ष्या से तिलमिला उठा। उसने उस घाट से उठकर और भी एकान्त गंगातट खोजने का विचार किया। वह अपना विचार कार्यान्वित करने जा ही रही थी कि उसने एक बजड़ा किनारे लगते और उस पर सवार एक परदेशी को अपने पति का नाम लेते सुना। वह चुपचाप बैठी रह गई। उसने सुना कि जीतू परदेशी से कह रहा है, "झालर ठाकुर नाहीं, झालर महाजन।" "माँझी ठीक कहत हौ, जीतू! बंगालिन में पंडा के ठाकुर कहल जाला। तूँ जनतऽ नाहीं?" ननकू घाटिए ने कहा। "वाह रे, हम नाहीं जानति! लड़कइयों में झाला गुरु के संघे हम गुल्ली-डंडा खेलले हई। अउर हमहीं ओन्हैं नाहीं जानित? खूब कहलऽ, गुरु!" अपनी जानकारी पर आक्षेप हुआ समझकर जीतू ने ननकू को कुछ गरमाकर जवाब दिया। नवागन्तुक यात्री ने जीतू से फिर पूछा, "झालर उपाध्याय ठाकुर को क्या जानता?"

"का नहीं जानता? सब जानता," कहकर जीतू ने झालर उपाध्याय की हुलिया बताना आरम्भ किया, "सिर की जैसन हाथ गोड़ रहल, रूखा-सूखा चेहरा।"

जीतू के मुँह से अपने पति की आकृति का निरूपण सुनकर गोदावरी को स्मरण हो आया कि उसके पति कितने भोले-भाले और दुर्बल थे। अपने भोलेपन और दुर्बलता के कारण वह समूचे समाज की परिहास-वृत्ति के आलम्बन थे। उन्हें लोग अनायास चपत जमा देते। वह बेचारे सिर खुजलाते हुए इधर-उधर देखकर चुप हो जाते। उन्हें राह चलते कोई अड़ंगी देकर गिरा देता। वह धूल झाड़कर चुपचाप घर लौट आते। घर में भी पुरुष उनका अपमान करते और स्त्रियाँ उपेक्षा। गोदावरी को सुना-सुनाकर लोग झालर की मूर्खता, शक्तिहीनता और अक्षमता पर व्यंग्य करते और गोदावरी मन-ही-मन जलती। आज जीतू के मुख से भी वही बात सुनकर उसके हृदय का सूखा घाव हरा हो गया। उसने सुना कि बंगाली यात्री जीतू

से कह रहा है, "नहीं, नहीं, हमारा ठाकुर दुर्बल नहीं, बड़ा बलशाली है।"
"अरे ऊतऽ हनुमानजी कऽ दरसन पउले के बाद न। हम पहिले कऽ हाल कहत हई," जीतू बोला।

उधर फिर बिना रुके श्रद्धा-विगलित स्वर में ननकू भी बोल चला, "झालर महाराज का नियम था कि वह बिना संकटमोचन हनुमान का दर्शन किए अन्न नहीं ग्रहण करते थे। दो साल हुए, सावन के महीने में सूर्य-ग्रहण पड़ा। यजमान यात्री के चक्कर में उस दिन झालर को हनुमानजी के दर्शन का ध्यान न रहा। दिन-भर के थके-माँदे झालर रात के नौ बजे घर आए। नहा-धोकर भोजन के लिए आसन पर बैठे। परन्तु ज्यों ही उन्होंने पहला ग्रास उठाया कि उन्हें स्मरण पड़ गया कि आज हनुमानजी का दर्शन नहीं किया। बस वहीं हाथ रोक उन्होंने अपनी माँ से कहा, 'माँ, मेरी थाली देखती रह, मैं दम-भर में दर्शन करके लौट आता हूँ।' माँ ने उन्हें मना किया, परन्तु उन्होंने नहीं माना और घर से निकलकर संकटमोचन का रास्ता पकड़ा। जानते हो बाबू, संकटमोचन का मन्दिर नगर से डेढ़ कोस दूर है। दिन-दोपहर भी वहाँ कोई अकेले जाने की हिम्मत नहीं कर सकता। बीच में रामापुरा है जहाँ तीर-कमानधारी डोम दिन-दहाड़े बटमारी करते हैं। मन्दिर के चारों ओर घना जंगल है जिसमें भयंकर जंगली जानवर ही नहीं, बड़े-बड़े ज़हरीले साँप-बिच्छू भी रहते हैं। रास्ते में अस्सी का विकट नाला है। बरसात में तो उसकी यही दशा हो जाती है कि यदि उसमें हाथी भी पड़े तो चीथड़ा होकर बह जाए। खयाल करो बाबू, उसी मन्दिर की ओर भरी बरसात, अमावस की रात में दुर्बल ब्राह्मण अकेला चल पड़ा। बादल घिरे थे, बूँदें पड़ रही थीं, रह-रहकर बिजली चमक उठती थी। और उसी के प्रकाश में ब्राह्मण अश्वमेध के घोड़े की तरह निर्द्वन्द्व दौड़ा चला जा रहा था। जहाँ उसे डर लगता वह जोर से चिल्ला उठता—

'खल दल वन दावा अनल राम स्याम घन मोर।
रोम-रोम में वज्रबल, जय केसरी किसोर!'

और फिर दूने वेग से अपने मार्ग पर अग्रसर हो जाता। इस प्रकार दौड़ते-दौड़ते जब झालर नाले के किनारे पहुँचे तो उन्होंने देखा कि नाला उमड़कर समुद्र हो रहा है। उसे पार करने का कोई साधन न देख उन्होंने धोती और दुपट्टा उतारकर एक पेड़ की डाल पर रख दिया। लंगोट के ऊपर अँगोछा कसकर कूदने के लिए उछले। परन्तु आगे न बढ़ सके। उनका हाथ पकड़कर किसी ने पीछे से खींच लिया। अपना हाथ छुड़ाने के लिए झटका देते हुए जब वह घूमे तो उन्होंने देखा कि एक हट्टे-कट्टे आदमी ने उनका हाथ कसकर पकड़ रखा है। उन्होंने दयनीय मुद्रा से उसकी ओर देखा। उसने झालर से पूछा, 'क्या आत्महत्या करना चाहते हो?'

" 'नहीं, मैं हनुमानजी का दर्शन करने जा रहा हूँ,' झालर ने उत्तर दिया। नाले की प्रखर धारा की ओर इशारा करते हुए उस अज्ञात व्यक्ति ने झालर से कहा, 'इस धारा में हाथी भी अपना पैर नहीं जमा सकता। तुम्हारी तो हड्डी का भी पता न लगेगा।'

" 'अब चाहे जो हो, मैं तो संकटमोचन का दर्शन किए बिना अन्न नहीं ग्रहण कर सकता। यही मेरा नेम है,' अत्यन्त विनीत स्वर में झालर ने आगन्तुक को समझाया।

" 'अब तुम समझ लो कि तुम्हें संकटमोचन का दर्शन हो गया और लौट जाओ,' अज्ञात व्यक्ति ने कहा। यदि झालर को अवसर मिला होता तो वह अब तक उस व्यक्ति के पास से भाग निकलते, परन्तु उसने तो उनका हाथ पकड़ रखा था। दिन-भर के परिश्रम से तो वह परेशान थे ही, उधर उनके उदर में क्षुधा ने भी लंका-दहन मचा रखा था। अतः स्वभाव के प्रतिकूल आज वह कुछ कड़े पड़ गए और झल्लाकर बोले, 'तुम्हारे कहने से समझ लूँ कि दर्शन हो गया! यहाँ हनुमानजी कहा हैं?'

"परम दुर्बल और निरीह झालर को गरमाते देख वह व्यक्ति मुसकराया और धीरे-धीरे बोला, 'समझ लो, मैं ही हनुमानजी हूँ।' इस पर झालर एकदम बिगड़ उठे। उन्हें जीवन में पहली बार क्रोध हो आया।

उन्होंने दाँत पीसते हुए कहा, 'सभी ऐरे-गैरे हनुमानजी बनने लगें तो हो चुका! तुम हनुमानजी हो तो प्रमाण दो।'

" 'क्या प्रमाण लोगे?'

" 'यदि तुम हनुमानजी हो तो मुझे वही रूप दिखाओ जो उन्होंने सीताजी को दिखाया था। वही रूप—कनक भूधराकार सरीरा, समर भयंकर अति बल बीरा।' कुछ सोचकर झालर ने कहा।

" 'डरोगे तो नहीं?'

" 'नहीं?'

" 'अच्छा, तो देखो,' उस व्यक्ति ने कहा और सहसा उसका शरीर लगा बढ़ने। ऐसा जान पड़ा मानो उसका सिर आकाश छू लेगा। झालर उपाध्याय ने भयवश आँखें मूँद लीं और घिघियाकर उस व्यक्ति के चरणों में गिर पड़े।

"जब उन्होंने आँखें खोलीं तो देखा कि पहलेवाला आदमी उनके सामने खड़ा है। उस आदमी ने फिर कहा, 'बोलो, तुम मुझसे क्या चाहते हो? जो माँगोगे वही पाओगे।'

"झालर को उसी दिन दोपहर की वह घटना स्मरण पड़ी जिसमें एक पंडे ने झापड़ मारकर उनसे रक़म छीन ली थी, और वह सदा की भाँति दुम दबाकर वहाँ से हट गए थे। यह ध्यान आते ही उनके मुँह से सहसा निकला, 'आप अपनी कानी अँगुली का बल मुझे दे दीजिए।'

"हनुमानजी फिर मुसकराए और उन्होंने कहा, 'तुम्हारा कलियुगी कलेवर इतना बल सह न सकेगा। तुम अपना मुँह ऊपर उठाकर खोल दो।'

"स्वाँति ने प्यासे पपीहे की तरह झालर ने अपना शुक्ति-मुख ऊपर उठाया। हनुमानजी ने भी अपना रोआँ तोड़कर उनके मुख में डाल दिया। मुँह में रोआँ पड़ते ही झालर के शरीर में बिजली-सी दौड़ गई और वह वायु-वेग से दौड़ते हुए घर वापस आए। आते ही वे चौके में घुस पड़े और थाली में रखा भोज्य-पदार्थ दोनों हाथों से उठा-उठाकर मुँह में ठूँसने लगे। थाली का सामान समाप्त होने पर उन्होंने चौके में बचे

सामान में हाथ लगाया और जब वह भी समाप्त हो गया तो 'भूख-भूख' चिल्लाते हुए वह भंडार में घुस गए और आटा, दाल, चावल जो भी चीज़ सामने आई सब भक्षण करने लगे।"

ननकू की बात सुनते-सुनते गोदावरी को उस रात की घटना स्मरण हो आई। झालर के उस अद्‌भुत आचरण से लोगों को 'ऊपरी फेर' का भ्रम हो गया। लोगों ने उन्हें भंडार में घुसा देख बाहर खिड़की लगा दी थी और झालर रात-भर भंडार में अन्न-ध्वंस करते रहे थे। उधर ननकू कहता जा रहा था–

" 'हाँ बाबू, सवेरा होने पर झालर इसी घाट पर वह जो टेढ़ी मढ़ी खड़ी है उसी पर हाथ टेककर खड़े हो गए। यही मढ़ी तब बिलकुल सीधी थी। लोगों ने समझा की यह वही रोनेवाला झालर है। कोई-कोई बोली भी काटने लगे। एक ने कहा, 'गुरु, तनी सँभार के, कहीं तोरे धक्के से मढ़ी न लोट जाए।' उस बखत झालर महाराज तो आपे में थे नहीं। सो उन्होंने गरजकर कहा, 'ई बात!' और मढ़ी पर जो उन्होंने अपने शरीर का दबाव दिया तो मढ़ी अरराकर झुक चली। देखने वाले लोग 'बाप, बाप' चिल्लाकर भागे। यह देख झालर महाराज बड़े ज़ोर से हँसे और पत्थर का एक टुकड़ा उठाकर मढ़ी के नीचे रख दिया। मढ़ी उस पर आज तक रुकी खड़ी है। इसके बाद उन्होंने किलकिलाकर विकट ध्वनि की और उछलकर गंगा की बाढ़ में कूद पड़े। इसके बाद क्या हुए, कहाँ गए–यह कोई नहीं जानता।"

"इसके बाद वह कहाँ गए, मैं जानता हूँ," आगन्तुक बंगाली बोला।

"आप जानते हो?" आश्चर्य से ननकू ने कहा। उधर गोदावरी भी अपने प्रत्येक लोमकूप को कान बनाकर आगन्तुक बंगाली का उत्तर सुनने के लिए आतुर हो गई। आगन्तुक भी कहने लगा–

"मेरे बड़े भाई मुर्शिदाबाद के राजा के दीवान हैं। राजा साहब भी झालर ठाकुर के यजमान हैं। यही दो वर्ष पहले सावन का महीना था। सवेरे का दरबार लगा था कि झालर ठाकुर पानी से तर केवल एक

अँगोछा पहने दरबार में घुस पड़े और राजा साहब से कहा कि 'मैं भूखा हूँ।' राजा ने ही नहीं, हम सभी ने यही समझा कि ठाकुर का मस्तिष्क विकृत है। परन्तु उन्हें कष्ट न होने पाए, यही सोचकर हमने उनके निवास और रसद का प्रबन्ध कर दिया। थोड़ी ही देर में भंडारी ने आकर सूचना दी कि ठाकुर ने केवल आटा ही डेढ़ मन ले लिया है और उपले की ढेरी में आग दहकाकर उसी आटे का मोटा-मोटा लिट्टी बना उसमें सिद्ध कर रहे हैं। यह सुनकर हम सबको निश्चय हो गया कि ठाकुर पागल हो गए। परन्तु राजा साहब को न जाने क्या सूझी कि उन्होंने अपने मुसलमान महावत को बुलाकर कहा कि वह हाथी लेकर ठाकुर की ओर जाए और वह उधर न आने के लिए चाहे जितना कहें, उनकी एक न माने।

"महावत ने तुरन्त आदेश का पालन किया। वह हाथी लेकर ठाकुर की ओर बढ़ा। ठाकुर उस समय भोजन कर रहे थे। वह हाथी उधर न लाने के लिए हाथों के इशारों से बार-बार 'हूँ-हूँ' करने लगे, परन्तु जब हाथी न रुका तो उन्होंने लिट्टी का एक बड़ा टुकड़ा तोड़कर उसी से हाथी को मारा। हाथी 'पें-पें' करता हुआ उलटे पैर भागा। जब महावत ने राजा साहब को इसकी सूचना दी तो वह ठाकुर के पास गए और उनसे निवेदन किया कि 'मेरे उद्यान में कहीं से गैंडा आ निकला है। हम लोगों ने उसे उसी में साल-भर से बन्द कर रखा है। उसके कारण मेरा सुन्दर उद्यान नष्ट-भ्रष्ट हो रहा है। आप हमारा संकट दूर कर दें।' ठाकुर ने राजा की प्रार्थना स्वीकार कर ली। हम सब लोग महल में से होकर उद्यान के ऊपरी खंड में जा बैठे। ठाकुर ने उद्यान का साल-भर से बन्द दरवाज़ा एक ठोकर मारकर तोड़ गिराया और भीतर प्रवेश कर गैंडे को ललकारा। गैंडा भी उद्यान में मानुस-गन्ध पाकर बफरता हुआ सामने आया। उसके सामने आते ही ठाकुर बिजली की तरह उस पर झपटे। उसका एक पिछला पैर उन्होंने अपने पाँव से दबाकर दूसरा पैर हाथ से ऊपर उठाया और जैसे बजाज कपड़े का थान फाड़ता है वैसे ही उसे फर्र से चीरकर दो-टूक कर दिया। तत्पश्चात वह बैठकर गैंडे का रक्त

चुल्लू में भरकर वेदमन्त्रों से अपने पितरों का तर्पण करने लगे। उन्होंने राजा साहब को भी उसी से तर्पण कराया और इसके पश्चात वहाँ से विदा हो गए।''

आगन्तुक बंगाली की बात सुनकर जीतू और ननकू दोनों स्तब्ध हो उठे। गोदावरी की निस्तेज आँखों में भी चमक आ गई। इतने में आगन्तुक ने पुनः पूछा, ''ठाकुर का कोई लड़का नहीं है?''

''नहीं, उनकी धर्मपत्नी है,'' ननकू ने उत्तर दिया।

''धन्य है, धन्य है! मैं उस साध्वी के दर्शन करूँगा जिसे ऐसा देवता पति मिला,'' श्रद्धा-विगलित होकर यात्री ने कहा।

गोदावरी की छाती गर्वस्फीत हो उठी। उसके भूखे अहं को भोजन मिला और वह पानी में से पैर निकाल उठ खड़ी हुई और घर लौटने के लिए सीढ़ियाँ चढ़ने लगी।

सिवनाथ-बहादुरसिंह वीर का खूब बना जोड़ा

ऊपर पीपल के विशाल वृक्ष पर कौए बोलने लगे।

नीचे प्रायः पाँच सौ व्यक्तियों का समूह गाने-बजाने में मस्त झूम रहा था। रात के दस बजे से लावनी की जो ललकार आरम्भ हुई वह अब तक जारी थी। झाँझयुक्त चंग की आवाज़ पर पाँच आदमी एक साथ गाते थे–

"सिवनाथ बहादुरसिंह वीर का खूब बना जोड़ा,
सम्मुख होकर लड़ेनिकलकर मुँह नाहीं मोड़ा।"

और तब एक आदमी अत्यन्त सुरीले स्वर से अकेले ही चहकता–

"दो कम्पनी पाँच सौ चढ़कर चपरासी आया,
गली-गली औ' कूचे-कूचे नाका बँधवाया,
मिर्जा पाँचू ने कसम खाय के कुरान उट्ठाया... ।"

इसी समय फेंकू ने बग़ल में बैठे रूपचन्द का हाथ दबाकर उससे धीरे से कहा, "अब चलना चाहिए।"

काशी में नीलकंठ महादेव मन्दिर के उत्तर की ओर जहाँ आजकल दरभंगा-नरेश का शिवाला है, सदा की भाँति होली के ठीक पाँच दिन पूर्व उक्त मजलिस आरम्भ हुई थी। सवेरा हो जाने पर भी गायन-वादन का क्रम टूटता न देख फेंकू का धीरज छूट गया। दो दिन पूर्व मीर-घाट पर लाठी लड़ने में उसका सिर फट गया था। उस पर अब भी पट्टी

बँधी हुई थी। रात-भर के जागरण से उसके सिर में ही नहीं, सिर के घाव में भी दर्द हो रहा था। उधर रूपचन्द की आँखें भी उनींदी हो गई थीं। अतः रूपचन्द ने फेंकू का प्रस्ताव तत्काल स्वीकार कर लिया और घर चलने के लिए उठ खड़ा हुआ। दक्षिण की ओर चार क़दम चलकर दोनों दाहिनी ओर मुड़े और रूपचन्द ने सामने स्थित चौरे की ओर उँगली उठाकर कहा, "देखो भाई, वही जगह है जहाँ रात मेरे हाथ से मलाई का पुरवा झटक लिया गया।"

रूपचन्द सोलह-सत्रह वर्ष की उम्र का बालक-मात्र था। अभी-अभी पंजाब से काशी आकर गढ़वासी टोले में आकर बस गया था। पड़ोस में जो गाने-बजाने का सार्वजनिक आयोजन सुना तो रात को दुकान से लौटकर नहीं गया, वरन आधा पाव मलाई लेकर सीधे नीलकंठ जाने के लिए ब्रह्मनाल भी ओर से चौरी की ओर मुड़ा। चौरी के पास पहुँचते ही किसी ने झटककर पुरवा उड़ा लिया। चतुर्दिक् निगाह दौड़ाने और रात चाँदनी रहने के बावजूद कोई नज़र न आया।

उक्त घटना स्मरण आते ही उसके रोएँ इस समय भी भरभरा उठे। उसके साथी बीस-वर्षीय तरुण पहलवान फेंकू ने विज्ञ की भाँति सिर हिलाया और कहा, "हूँ।" रहस्य का रंग और गाढ़ा हो गया।

सुबह का रंग भी और अधिक निखर आया था। शाक-भाजी ख़रीद और गंगा-स्नान कर लोग उस रास्ते लौटने लगे थे। कुछ बूढ़ी स्त्रियाँ चौरे पर अच्छत-फूल भी फेंक रही थीं। उन्होंने रूपचन्द की बात सुनी, उसकी विवर्ण विकृति देखी और कुछ स्मरण कर स्वयं भी काँप उठीं। बग़ल से गुज़रते हुए पुरुषों ने सुना; वे भी सिहर उठे।

फेंकू यह सब देख मुसकराने लगा। एक वृद्ध ने कहा, "बेटा, हँसने की बात नहीं है, यह बड़े वीर का चौरा है।"

"अरे ठाकुर सिवनाथसिंह का न? अपने राम को भी सब विदित है। इसी मुहल्ले में पैदा हुए और पले," फेंकू ने गर्व से कहा।

रूपचन्द कभी उस वृद्ध और कभी अपने साथी की ओर देख रहा था। उसने पूछा, "क्यों, बात क्या है? आप लोग बताते क्यों नहीं?"

फेंकू ने कहा, "चलो घर, वहीं बता देंगे।"

बालकों की तरह मचलते हुए रूपचन्द ने कहा, "नहीं-नहीं, पहले यह बताओ कि सिवनाथसिंह कौन थे और यह चौरा क्यों बना।"

"इतनी उतावली थी तो वहीं बैठकर पूरी लावनी ही क्यों न सुन ली?" फेंकू ने डाँटा।

"गाना-वाना मेरी समझ में नहीं आता। पंडितजी, आप कहिए, सिवनाथसिंह कौन थे?"

वृद्ध पंडित ने उत्तर दिया, "सिवनाथसिंह क्षत्रिय थे और थे नगर के विख्यात गुंडे। चौबीसों घंटे डंके की चोट सोलह परी का नाच कराते थे—छमाछम! छह और नौ की ध्वनि से उनका घर गूँजता रहता थ। खुली कौड़ी पड़ती थी। 'न अंटी का लासा, सफा खेल खुलासा' वाला मामला था उनका। नाम सुनकर लोगों का खून सरद होता था और वह खुद ऐसे तपते थे जैसा जेठ की दुपहरिया में सूरज तपता है। जैसे सूरज का जवाब चन्द्रमा है वैसे ही बाबू बहादुरसिंह सिवनाथसिंह के जोड़ीदार थे। उन्हीं की तरह बहादुर, उन्हीं की तरह शेर! कहावत है कि घोड़े की लात घोड़ा ही सह सकता है। सो सिवनाथसिंह का बल बहादुरसिंह और बहादुरसिंह का तेज सिवनाथसिंह ही सह सकते थे। सागिरदों की 'धड़क' खोलने के लिए उन्हें दो दलों में बाँट दोनों फागुन-भर धर्म-युद्ध करते थे। वह धर्म-युद्ध ही था। पिता-पुत्र लड़ते थे और भाई पर भाई वार करता था। आजकल की तरह बुराई नहीं निकाली जाती थी, जिसमें ये सिर तुड़ाए बैठे हैं।"

वृद्ध ने जिस समय फेंकू की ओर उँगली उठाकर कहा उस समय फेंकू ने रूपचन्द का हाथ दबा रखा था और उसके ताकने पर कनखी से घर चलने का इशारा कर रहा था। वृद्ध ने यही देख उस पर व्यंग्य किया था।

उधर रूपचन्द वृद्ध की एक-एक बात सुन नहीं, पी रहा था। उसने फेंकू के इशारे की उपेक्षा कर दी। वृद्ध पुनः कहने लगा, "सौ बरस की बात है। बनारस में नया-नया अंग्रेज़ी राज हुआ था। तब पुलिस नहीं

थी, बरकन्दाज़ थे। तब ज़नानापन नहीं चलता था, मरदानेपन की इज़्ज़त थी। मुक़दमा बनाया नहीं जाता था, मूँछों की गुर्रेरबाज़ी के कारण स्वयं बनता था। अंग्रेज़ी राज्य में देशी ढंग से जुआ खेलने और देशी शराब पीने की रोक थी, आज भी है। परन्तु सिवनाथसिंह के घर के आँगन में दो फड़ों पर कौड़ी फेंकी जाती थीं और एक-एक फड़ के सामने सिवनाथसिंह और बहादुरसिंह एक हाथ में नंगी तलवार खींचे दूसरे हाथ से नाल की रक़म उतारकर सामने रखी पेटी में डालते जाते थे। दरवाजा चौबीसों घंटे खुला रहता था, पर क्या मजाल थी कि पंछी पर मार सके!''

वृद्ध ने रुककर साँस ली। रूपचन्द आश्चर्य के समुद्र में उभ-चुभ हो रहा था। उसके ऊपर भय की भयावनी लहरें उठ-बैठ रही थीं। वृद्ध वक्ता मुसकराया और फिर कहने लगा, ''उस समय मिर्ज़ा पाँचू शहर-कोतवाल थे। वह अपने को दूसरा लाल खाँ समझते थे। बरकन्दाज़ों की पूरी पलटन लेकर गश्त के लिए निकलते थे। पाँच बार नमाज पढ़कर अपने 'मज़हबी' होने का प्रचार किया था। सिवनाथसिंह के कारण उनकी बड़ी किरकिरी होती थी। मिर्ज़ा पाँचू और उनके बरकन्दाज़ों ने सिवनाथ और बहादुर से टक्कर ली, लेकिन जैसे चट्टान से टकराकर लहर सौ टुकड़े होकर पीछे लौट जाती है, वे भी पहले तो प्रशस्त और मस्त लेकिन बाद में परास्त और त्रस्त होकर रह गए।

''अन्त में सिवनाथ और बहादुर के विनाश के लिए मिर्ज़ा पाँचू ने कुरान उठाकर क़सम खाई और एक-दो कम्पनी याने पाँच सौ सिपाही लेकर सिवनाथसिंह का घर घेर लिया। सिवनाथसिंह बाहर गए थे, बहादुरसिंह मौजूद थे। परन्तु उनके हाथ-पाँव फूल गए। जुआरियों की मंडली भी घबराई।

''सर्वाधिक चपल, साथ ही सर्वाधिक चालाक एक जुआरी ने उछलकर द्वार बन्द कर लिया। बन्दूकों के कुन्दों से सिपाही फाटक पर चोट देने लगे। प्रहार दरवाज़े पर नहीं, सिवनाथसिंह की शान पर हो रहा था। बहादुरसिंह ने उठने का प्रयत्न किया तो जुआरियों ने उन्हें बैठा

दिया। इतने में बाहर भगदड़ मची। लोगों ने खिड़की के बाहर झाँककर देखा कि सिपाही हथियार फेंक-फेंककर भाग रहे हैं, दस-पाँच छटपटा रहे हैं और दो-चार ठंडे पड़े हैं। वहीं ठाकुर सिवनाथसिंह खड़े हैं–खून से लथपथ, क्रोध से होंठ चबाते और मानसिक चंचलता दबा न पाने के कारण तलवार नचाते।

''खिड़की से यह दृश्य देख बहादुरसिंह बहुत लजाए, दरवाज़ा खुलवा दिया, परन्तु सिवनाथसिंह ने कहा कि जिसने दरवाज़ा बन्द कर मेरा अपमान कराया है उसका सिर काट लेने के बाद ही अब मैं घर में प्रवेश करूँगा। ठाकुर की बात सुनकर सब एक-दूसरे का मुँह देखने लगे। अपराधी हाथ जोड़कर सामने आया। उसे देखते ही सिवनाथसिंह के मुँह से निकला–'अरे पंडित, तुम!'

''हाँ, धर्मावतार,'' सिर झुकाए हुए जुआरियों की चिलम भरनेवाले ब्राह्मण ने कहा। कुछ सोचकर ठाकुर ने कहा, ''अच्छा, सामने से हट जाओ! अब कभी मुँह न दिखाना।''

''पंडित वैसे ही नतमस्तक वहाँ से हट गए। ठाकुर सिवनाथसिंह भी घर में गए। स्नान कर क्रोध की ज्वाला कुछ बुझाई और तब आँगन में आकर बैठ गए। सामने ही बहादुरसिंह भी बैठे थे। न वह इनकी ओर देखते थे और न यह उनकी ओर। इतने में वही ब्राह्मण पुनः दौड़ता हुआ आया और हाँफते हुए बोला, 'सरकार, दो कम्पनी फौज आई है। उसमें फिरंगी भी हैं। मिर्ज़ा पाँचू ने कुरान उठाकर कसम खाई है कि मरेंगे या मारेंगे।'

''सिवनाथसिंह की भृकुटी में बल आ गया। वह उठे, दरवाज़े की ओर चले, फिर कुछ सोचा और पंडित से कहा, 'दरवाज़ा बन्द कर दो।'

''पंडित ने मन-ही-मन मुसकराते हुए द्वार बन्द कर दिया। इतने में फ़ौज आ पड़ी। मकान घेर लिया गया। गोरे गाली देने और गोली बरसाने लगे।

''कुछ देर यह क्रम चला। सहसा बहादुरसिंह तलवार लिए उठे और झपटकर खिड़की से नीचे कूद पड़े। अब सिवनाथसिंह भी बैठे न रह

सके, वह भी कूदे। फिर क्या कहना था! दोनों ने तलवार के वह हाथ दिखाए कि शत्रु मुँह के बल आ रहा। उसी समय किसी गोरे की किर्च बहादुरसिंह के कलेजे में पार हो गई। एक दूसरे गोरे की गोली ने भी उसी समय उनकी कपाल-क्रिया कर दी। अब तो सिवनाथसिंह को और रोष हो आया। वह जी तोड़कर लड़ने लगे। इतने में एक तिलंगे की तलवार का ऐसा सच्चा हाथ उनकी गरदन पर पड़ा कि सिर छटककर दूर जा गिरा। एक बार तो सिपाही प्रसन्न हो उठे, परन्तु दूसरे ही क्षण यह देखकर उनके छक्के छूट गए कि कबन्ध वैसे ही तलवार चलाए और उनका नाश किए जा रहा है।''

कहते-कहते ब्राह्मण रुककर और फिर तीव्र स्वर में रूपचन्द की ओर उँगली उठाकर बोला, ''जहाँ आप खड़े हैं, वहाँ एक तमोली की दुकान थी। सिवनाथसिंह यहाँ प्रायः पान खाते थे। कबन्ध भी तलवार घुमाते वहाँ पहुँचा जहाँ चौरा है और अभ्यासवश खड़े होकर उसने एक हाथ तमोली की ओर पसारा। 'अरे-बप्पा रे' चिल्लाकर तमोली बेहोश हो गया। कबन्ध भी लड़खड़ाकर गिर पड़ा।''

रूपचन्द का चेहरा फीका पड़ गया। उसे बेहोशी आती जान पड़ी। फेंकू ने कहा, ''तब से वहाँ रात-विरात खाने-पीने की चीज़ लेकर आनेवालों के हाथ से ठाकुर साहब छीन लेते हैं।''

रूपचन्द पूरा बेहोश हो गया। फेंकू को डकार आई और अधपकी मलाई की खट्टी-सी हलकी दुर्गन्ध वायु में व्याप्त हो गई। उधर गली के नुक्कड़ पर लावनी वाले गाए जा रहे थे–''सिवनाथ-बहादुरसिंह वीर का खूब बना जोड़ा!''

एही ठैयाँ झुलनी हेरानी हो रामा!

1

महाराष्ट्रीय महिलाओं की तरह धोती लपेट, कच्छ बाँधे और तंग चोली कसे दुलारी दनादन दंड लगाती जा रही थी। उसके शरीर से टपक-टपककर गिरी बूँदों से भूमि पर पसीने का पुतला बन गया था। कसरत समाप्त करके उसने चारखाने के अँगोछे से अपना बदन पोंछा, बँधा हुआ जूड़ा खोलकर सिर पर पसीना सुखाया और तत्पश्चात आदमक़द आईने के सामने खड़ी होकर पहलवानों की तरह गर्व से अपने भुजदंडों पर मुग्ध दृष्टि फेरते हुए प्याज़ के टुकड़े और हरी मिर्च के साथ उसने कटोरी में भिगोए हुए चने चबाने आरम्भ किए।

उसका चणक-चर्वण-पर्व अभी समाप्त न हो पाया था कि किसी ने बाहर बन्द दरवाज़े की कुंडी खटखटाई। दुलारी ने जल्दी-जल्दी कच्छ खोलकर बाक़ायदे धोती पहनी, केश समेटकर करीने से बाँध लिए और तब दरवाज़े की खिड़की खोल दी।

बग़ल में बंडल-सी कोई चीज़ दबाए दरवाज़े के बाहर टुन्नू खड़ा था। उसकी दृष्टि शरमीली थी और उसके पतले ओंठों पर झेंप-भरी

फीकी मुसकराहट थी। विलोल बेहयापन से भरी अपनी आँखें टुन्नू की आँखों से मिलाती हुई दुलारी बोली, ''तुम फिर यहाँ, टुन्नू? मैंने तुम्हें यहाँ आने के लिए मना किया था न?''

टुन्नू की मुसकराहट उसके होंठों में ही विलीन हो गई। उसने गिरे मन से उत्तर दिया, ''साल-भर का त्यौहार था, इसीलिए मैंने सोचा कि...,'' कहते हुए उसने बग़ल से बंडल निकाला और उसे दुलारी के हाथों में दे दिया। दुलारी बंडल लेकर देखने लगी। उसमें खद्दर की एक साड़ी लपेटी हुई थी। टुन्नू ने कहा, ''यह खास गांधी आश्रम की बनी है।''

''लेकिन इसे तुम मेरे पास क्यों लाए हो?'' दुलारी ने कड़े स्वर से पूछा। टुन्नू का शीर्ण वदन और भी सूख गया। उसने सूखे गले से कहा, ''मैंने बताया न कि होली का त्यौहार था...।'' टुन्नू की बात काटते हुए दुलारी चिल्लाई, ''होली का त्यौहार था तो तुम यहाँ क्यों आए? जलने के लिए क्या तुम्हें कहीं और चिता नहीं मिली जो मेरे पास दौड़े चले आए? तुम मेरे मालिक हो या बेटे हो या भाई हो, कौन हो? खैरियत चाहते हो तो अपना यह क़फन लेकर यहाँ से सीधे चले जाओ!'' और उसने उपेक्षापूर्वक धोती टुन्नू के पैरों के पास फेंक दी। टुन्नू की काजल-लगी बड़ी-बड़ी आँखों में अपमान के कारण आँसू भर आए। उसने सिर झुकाए हुए आर्द्र कंठ से कहा, ''मैं तुमसे कुछ माँगता तो हूँ नहीं। देखो, पत्थर की देवी तक अपने भक्त द्वारा दी हुई भेंट नहीं ठुकराती, तुम तो हाड़-मांस की बनी हो।''

''हाड़-मांस की बनी हूँ तभी तो कुत्तों के मारे नाकोंदम हो रहा है,'' दुलारी ने कहा।

टुन्नू ने जवाब नहीं दिया। उसकी आँखों से कज्जल-मलिन आँसुओं की बूँदें नीचे सामने पड़ी धोती पर टप-टप टपक रही थीं। दुलारी कहती गई, ''अभी तुम्हारे दूध के दाँत भी नहीं टूटे और मजनूपन सिर पर सवार हो गया! बाप दिन-भर घाट अगोर कौड़ी-कौड़ी जुटाकर गृहस्थी चलाता है और बेटा आशिक़ी के घोड़े पर सवार

सरपट दौड़ रहे हैं! तुम्हारे ही भले के लिए कहती हूँ। यह गली तुम-जैसों के लिए नहीं है। और फिर आशिक़ भी होने चले तो मुझ पर, जो शायद तुम्हारी माँ से भी उमर में बरस-भर बड़ी है।"

टुन्नू पाषाण-प्रतिमा बना हुआ दुलारी का भाषण सुनता जा रहा था। उसने इतना ही कहा, "मन पर किसी का बस नहीं; वह रूप या उमर का कायल नहीं होता।" और कोठरी से बाहर निकल वह धीरे-धीरे सीढ़ियाँ उतरने लगा। दुलारी भी खड़ी-खड़ी उसे देखती रही। उसकी भौं अब भी वक्र थी, परन्तु नेत्रों में कौतुक और कठोरता का स्थान करुणा की कोमलता ने ग्रहण कर लिया था। उसने भूमि पर पड़ी धोती उठाई; उस पर काजल से सने आँसुओं के धब्बे पड़ गए थे। उसने एक बार गली में जाते हुए टुन्नू की ओर देखा और फिर उस स्वच्छ धोती पर पड़े धब्बों को बार-बार चूमने लगी।

2

दुलारी के जीवन में टुन्नू का प्रवेश हुए अभी कुल छह मास हुए थे। पिछली भादों में तीज़ के अवसर पर दुलारी खोजवाँ बाज़ार में गाने गाई थी। दुक्कड़ पर गानेवालियों में दुलारी की महती ख्याति थी। उसे पद्य में ही सवाल-जवाब करने की अद्भुत क्षमता प्राप्त थी। कजली गानेवाले बड़े-बड़े विख्यात शायरों की उससे कोर दबती थी। इसलिए उसके मुँह पर जाने में सभी घबराते थे। उसी दुलारी को कजली-दंगल में अपनी ओर खड़ा कर खोजवाँवालों ने अपनी जीत सुनिश्चित समझ ली थी, परन्तु जब साधारण गाना हो चुकने पर सवाल-जवाब के लिए दुक्कड़ पर चोट पड़ी और विपक्ष में सोलह-सत्रह वर्ष का एक लड़का गौनहारियों की गोल में सबसे आगे खड़ी दुलारी की ओर हाथ उठाकर ललकार उठा—"रनियाँ लऽ

परमेसरी लोट!" (प्रामिसरी नोट) तब उन्हें अपनी विजय पर पूरा विश्वास न रह गया।

बालक टुन्नू बड़े जोश से गा रहा था–

"रनियाँ लऽ परमेसरी लोट!
दरगोड़े से घेवर बुँदिया
दे माथे मोती कऽ बिंदिया
अउर किनारी में सारी के
टाँक सोनहली गोट। रनियाँ...!"

शहनाईवालों ने टुन्नू के गीत को बन्द बाजे में दोहराया। लोग यह देखकर चकित थे कि बात-बात में तीरकमान हो जानेवाली दुलारी आज अपने स्वभाव के प्रतिकूल खड़ी-खड़ी मुसकरा रही है। कंठ-स्वर की मधुरता में टुन्नू दुलारी से होड़ कर रहा था और दुलारी मुग्ध खड़ी सुन रही थी।

टुन्नू के इस सार्वजनिक आविर्भाव का यह तीसरा या चौथा अवसर था। उसके पिता घाट पर बैठकर और कच्चे महाल के दस-पाँच घर यजमानी में सत्यनारायण की कथा से लेकर श्राद्ध और विवाह तक कराकर कठिनाई से गृहस्थी की नौका खे रहे थे। परन्तु पुत्र को आवारों की संगति में शायरी का चस्का लगा। उसने भैरोहेला को अपना उस्ताद बनाया और शीघ्र ही सुन्दर कजली-रचना करने लगा। वह पद्यात्मक प्रश्नोत्तरी में भी कुशल था और अपनी इसी विशेषता के बल पर वह बजरडीहावालों की ओर से बुलाया गया था। उसकी 'शायरी' पर बजरडीहावालों ने 'वाह-वाह' का शोर मचाकर सिर पर आकाश उठा लिया। खोजवाँवालों का रंग उतर गया। टुन्नू ने दुलारी के पके जामुन-जैसे काले रंग की ओर इशारा करके पद्य में कहा–

'तुम्हें दुनिया नारी क्यों कहती है? तुम तो सचमुच कोकिला हो। रंग तुम्हारा कोकिला-जैसा ही है। कंठ भी उसकी कूक को मात करता है। कोकिला को कौए की मादा पालती है; तुम्हारा भी पोषण दूसरों द्वारा हुआ है। कोयल की आँखें लाल-लाल होती हैं। वह कमी

भी पूरी हुआ चाहती है। मेरा गाना सुनकर तुम्हारे नेत्र भी लाल होते जा रहे हैं।'

टुन्नू ने भूल की। दुलारी की आँखें क्रोध से नहीं, गाँजे की आग से लाल हो रही थीं। वह टुन्नू का यह आक्षेप सुनकर जोर से हँस पड़ी। टुन्नू का गीत भी समाप्त हो गया।

पुनः दुक्कड़ पर चोट पड़ी। शहनाई का मधुर स्वर गूँजा। अब दुलारी की बारी आई। उसने अपनी दृष्टि मद-विह्वल बनाते हुए टुन्नू के दुबले-पतले परन्तु गोरे-गोरे चेहरे को भर-आँख देखा और उसके कंठ से छल-छल करता स्वर का सोता फूट निकला–

''कोढ़ियल मुँहवैं लेब वकोट
तोर बाप तऽ घाट अगोरलन
कौड़ी-कौड़ी जोर बटोरलन
तैं सरबउला बोल जिन्नगी में
कब देखले लोट? कोढ़ियल...!''

अब बजरडीहावालों के चेहरे हरे हो चले, वे वाहवाही देते हुए सुनने लगे। दुलारी गा रही थी–

'तुझे लोग आदमी व्यर्थ समझते हैं। तू तो वास्तव में बगुला है। बगुले के पर-जैसा ही तेरे शरीर का रंग है। वैसे तू बगुला भगत भी है। उसी की तरह तुझे भी हंस की चाल चलने का हौसला हुआ है। परन्तु कभी-न-कभी तेरे गले में मछली का काँटा ज़रूर अटकेगा और उसी दिन तेरी कलई खुल जाएगी।'

इसके जवाब में टुन्नू ने गाया था–

''जेतना मन मानै गरिआवऽ
अइने दिलकऽ तपन बुझावऽ
अपने मनकऽ बिथा सुनाइब
हम डंके के चोट। रनियाँ...!''

इस पर सुन्दर के 'मालिक' फेंकू सरदार लाठी लेकर टुन्नू को मारने दौड़े। दुलारी ने टुन्नू की रक्षा की।

यही दोनों का प्रथम परिचय था। उस दिन लोगों के बहुत कहने पर भी दोनों में से किसी ने भी गाना स्वीकार नहीं किया। मजलिस बदमज़ा हो गई।

3

टुन्नू को विदा करने के बाद जब दुलारी प्रकृतिस्थ हुई तो सहसा उसे ख़याल पड़ा कि आज टुन्नू की वेश-भूषा में भारी अन्तर था। आबरवाँ की जगह खद्दर का कुरता और लखनवी दोपलिया की जगह गांधी टोपी देखकर दुलारी ने टुन्नू से उसका कारण पूछना चाहा था। परन्तु उसका अवसर ही नहीं आया। उसने धीरे-धीरे जाकर अपने कपड़ों का सन्दूक खोला और उसमें बड़े यत्न से टुन्नू द्वारा दी गई साड़ी सब कपड़ों के नीचे दबाकर रख दी।

उसका चित्त आज चंचल हो उठा था। अपने प्रति टुन्नू के हृदय की दुर्बलता का अनुभव उसने पहली ही मुलाक़ात में कर लिया था। परन्तु उसने उसे भावना की एक लहर-मात्र माना था। बीच में भी टुन्नू उसके पास कई बार आया, परन्तु कोई विशेष बातचीत नहीं हुई। कारण, टुन्नू आता, घंटे-आध घंटे दुलारी के सामने बैठा रहता, पूछने पर भी हृदय की कामना प्रकट न करता, केवल अत्यन्त मनोयोग से दुलारी की बातें सुनता और फिर धीरे से छाया की तरह खिसक जाता। यौवन के अस्ताचल पर खड़ी दुलारी टुन्नू के इस उन्माद पर मन-ही-मन हँसती। परन्तु आज उसे कृशकाय और कच्ची उमर के पाँडुमुख बालक टुन्नू पर करुणा हो आई। पतित जीवन की अँधेरी घाटियों में पच्चीस वर्ष लगातार चक्कर लगा लेने के बाद अब दुलारी को यह समझने में देर न लगी कि उसके शरीर के प्रति टुन्नू के मन में कोई लोभ नहीं है। वह जिस वस्तु पर आसक्त है उसका सम्बन्ध शरीर से नहीं, आत्मा से है। उसने आज यह भी अनुभव किया कि

आज तक उसने टुन्नू के प्रति जितनी उपेक्षा दिखाई है वह सब कृत्रिम थी। सच तो यह है कि हृदय के एक निभृत कोने में टुन्नू का आसन दृढ़ता से स्थापित है। फिर भी वह तथ्य स्वीकार करने के लिए प्रस्तुत नहीं थी। वह सत्यता का सामना नहीं करना चाहती थी। वह घबरा उठी; विचार की उलझन से बचने लगी। उसने चूल्हा जलाया और रसोई की व्यवस्था में जुट पड़ी। त्योंही धोतियों का एक बंडल लिए फेंकू सरदार ने उसकी कोठरी में प्रवेश किया। दुलारी ने धोतियों का बंडल देख उधर से दृष्टि फेर ली। फेंकू ने बंडल उसके पैरों के पास रख दिया और कहा, "देखो तो, कैसी बढ़िया धोतियाँ हैं!"

बंडल पर ठोकर जमाते हुए दुलारी ने कहा, "तुमने तो होली पर साड़ी देने का वादा किया था।"

"वह वादा तीज पर पूरा कर दूँगा। आजकल रोज़गार बड़ा मन्दा पड़ गया है," फेंकू ने समझाते हुए कहा।

"जुए के रोज़गार में तो सुना है, हमेशा लालची को ही फ़ायदा रहता है," दुलारी ने कहा।

"रोज़गार का मार-पेंच तुम क्या समझोगी? पचास रुपया रोज़ कोतवाल साहब को दे देना पड़ता है। वही दस-बीस रुपया रोज़ हलक़े की पुलिस को चटाने में उड़ जाता है। तीज पर तुम्हें बनारसी साड़ी जरूर पहना दूँगा।" दुलारी को आश्वासन देता हुआ फेंकू बोला।

दुलारी फेंकू को उत्तर देना ही चाहती थी कि जलाने के लिए विदेशी वस्त्रों का संग्रह करता हुआ देश के दीवानों का दल भैरवनाथ की सँकरी गली में घुसा और 'भारतजननि तेरी जय, तेरी जय हो' गीत की ध्वनि से उभय पार्श्व में खड़ी इमारतों की प्रत्येक कोठरी गूँज गई। एक बड़ी-सी चादर फैलाकर चार व्यक्तियों ने उसके चारों कोनों को मज़बूती से पकड़ रखा था। उसी पर खिड़कियों से धोती, साड़ी, कमीज़, कुरता, टोपी आदि की वर्षा हो रही थी।

सहसा दुलारी ने भी अपनी खिड़की खोली और मैनचेस्टर तथा लंकाशायर के मीलों की बनी बारीक सूत की मखमली किनारेवाली नई

कोरी धोतियों का बंडल नीचे फैली चादर पर फेंक दिया। चादर सँभालनेवाले चारों व्यक्तियों की आँखें एकसाथ खिड़की की ओर उठ गईं; कारण, अब तक जितने वस्त्रों का संग्रह हुआ था वे अधिकांश फटे-पुराने थे। परन्तु यह जो नया बंडल गिरा उसकी धोतियों की तह तक न खुली थी। चारों व्यक्तियों के साथ जुलूस में शामिल सभी लोगों की आँखें बंडल फेंकनेवाली की तलाश खिड़की में करने लगीं, त्योंही खिड़की पुनः धड़ाके से बन्द हो गई। जुलूस आगे बढ़ गया।

जुलूस में सबसे पीछे जानेवाली खुफ़िया पुलिस के रिपोर्टर अली सगीर ने भी यह दृश्य देखा। अपनी फर्राटी मूँछों पर हाथ फेरते हुए सजग नेत्रों से मकान का नम्बर दिमाग़ में नोट कर लिया। इतने में ही ऊपर खिड़की का एक पल्ला फिर खुला और तुरन्त ही पुनः धड़ाके से बन्द भी हो गया। परन्तु इसी बीच अली सगीर ने देख लिया कि किवाड़ दुलारी ने खोला था और एक पुरुष ने झटके से उसका हाथ किवाड़ के पल्ले पर से हटा दिया और दूसरे हाथ से पल्ला बन्द कर दिया। उस पुरुष की आकृति में पुलिस के मुखबिर फेंकू सरदार की उड़ती झलक देख पुलिस-रिपोर्टर के रोबीले चेहरे पर मुसकान की क्षीण रेखा क्षण-भर के लिए खिंच गई। उसने तनिक हटकर चबूतरे पर बैठे बेनी तमोली के सामने एक दुअन्नी फेंक दी।

4

फेंकू सरदार की चौड़ी और पुष्ट पीठ पर शपाशप झाड़ झाड़ती तथा उसके पीछे-पीछे धमाधम सीढ़ी उतरती दुलारी चिल्लाई, "निकल-निकल, अब मेरी देहरी डाँका तो दाँत से तेरी नाक काट लूँगी।"

उत्कट क्रोध से दुलारी का आँचल खुल पड़ा था, उसके नथने फूल गए थे, अधर फड़क रहा था, आँखों से ज्वाला-सी निकल रही थी और

स्नेहसिक्त जूड़ा बिखरकर उसके निर्वसन वक्ष का लज्जा-निवारण कर रहा था। फेंकू के गली में निकलते ही उसने दरवाज़ा बन्द कर लिया। उधर पुलिस-रिपोर्टर से आँखें चार होते ही झेंपने के बावजूद लाचार-सा होकर फेंकू उसकी ओर बढ़ा और इधर धीरे-धीरे दुलारी आँगन में लौटी। आँगन में खड़ी उसकी संगनियों और पड़ोसिनों ने उसकी ओर कुतूहल-भरी दृष्टि से देखा, परन्तु दुलारी ने उनकी ओर आँख तक न उठाई। सीढ़ी चढ़कर उपेक्षा से झाड़ अपनी कोठरी के द्वार पर फेंकती हुई वह अपनी कोठरी में जा घुसी। चूल्हे पर बटलोही में दाल चुर रही थी। उसने पैर की एक ठोकर से बटलोही उलट दी। सारी दाल चूल्हे में जा गिरी। आग बुझ गई।

परन्तु दुलारी के दिल की आग अब भी भट्टी की तरह जल रही थी। पड़ोसिनों ने उसकी कोठरी में आकर वह आग बुझाने के लिए मीठे वचनों की जल-धारा गिराना आरम्भ किया। फलस्वरूप वह ठंडी भी होने लगी कि इसी बीच फेंकू की पुरानी रक्षिता बिट्टो के मुँह से निकल पड़ा—"हाँ दुलारी! मरद-मानुस के ऊपर तुमने झाड़ कैसे उठा लिया? फिर उसके ऊपर जिसने तुम्हें रानी की तरह रख छोड़ा है?" और दुलारी फिर उबल उठी। नियमित व्यायाम से पुष्ट अपनी भुजाओं को अभिमानपूर्वक देखते हुए उसने कहा, "रानी बनाकर रखा है तो कौन-सा जग जीत लिया! मैंने भी क्या अपनी अनमोल इज़्ज़त उसे नहीं सौंप दी? नारी के प्राप्य सहज सम्मान से वंचित होने की क़ीमत क्या इतनी भी नहीं?"

दुलारी को पुनः भड़कते देख कुन्दन ने कहा, "ठीक कहती हो, बहन! पैसे के बल पर तन ख़रीदा जा सकता है, मन नहीं। लेकिन आज बात क्या हुई जो...?"

कुन्दन की बात काटती हुई दुलारी बोली, "जरतुहा है, और क्या? तुम्हीं लोग बताओ, कभी टुन्नू को यहाँ आते देखा है?"

"यह तो आधी गंगा में खड़े होकर कह सकते हैं कि टुन्नू यहाँ कभी नहीं आता," झींगुर की माँ ने कहा। वह यह बात बिलकुल भूल

गई थी कि उसने कुल दो घंटा पहले टुन्नू को दुलारी की कोठरी से निकलते देखा था। झींगुर की माँ की बात सुनकर अन्य स्त्रियाँ ओंठों में मुसकराईं, परन्तु किसी ने प्रतिवाद नहीं किया। दुलारी पुनः शान्त हो चली। इतने में कन्धे पर जाल डाले नौ-वर्षीय बालक झींगुर ने आँगन में प्रवेश किया और आते ही उसने ताज़ा समाचार सुनाया कि टुन्नू महाराज को गोरे सिपाहियों ने मार डाला और लाश भी उठा ले गए।

और कोई दिन होता तो दुलारी इस समाचार पर हँस पड़ती, टुन्नू को दो-चार गालियाँ सुनाती, परन्तु आज यह संवाद सुन वह स्तब्ध हो गई। उसने यह भी न पूछा कि घटना कहाँ और किस तरह हुई। कभी किसी बात पर न पसीजनेवाला उसका हृदय कातर हो उठा और सदैव मरुभूमि की तरह धू-धू जलनेवाली उसकी आँखों में मेघमाला घिर आई।

उसने पड़ोसिनों की निगाह से अपने आँसुओं को छिपाने का कोई प्रयत्न नहीं किया। पड़ोसिनें भी कर्कशा दुलारी के हृदय की यह कोमलता देख दंग रह गईं। प्रायः वे सभी पतिता थीं और सच्चे पतित का पहला लक्षण हृदयहीनता ही होता है। उन्होंने दुलारी के इस आचरण को वार-वनिता-सुलभ अभिनय-मात्र समझा। बिट्टो ने दिल्लगी भी की। उसने कहा, "हम लोगों का जो रोज़गार है उसमें तो रँडापे का दुख सबसे ज्यादा छिपाया जाता है।"

"मुझे लुका-छिपी फूटी आँख नहीं सुहाती। मैंने तो आज तक जो कुछ भी किया, सब डंके की चोट," दुलारी ने कहा। वह उठी और सबके सामने सन्दूक खोल उसमें से टुन्नू की दी हुई आँसुओं के काले धब्बों से भरी खद्दर की धोती निकाल उसने पहन ली। उसने झींगुर को बुलाकर पूछा, "टुन्नू कहाँ मारा गया?" झींगुर ने बताया, "टाउन हॉल!" और जब वह टाउन हॉल जाने के लिए घर से बाहर निकली तो दरवाज़े पर ही थाने के मुंशी के साथ फेंकू सरदार ने आकर कहा कि दुलारी को थाने जाना होगा, आज अमन सभा द्वारा आयोजित समारोह में उसे गाना पड़ेगा।

5

रिपोर्ट की कापी मेज़ पर पटकते हुए प्रधान संवाददाता ने अपने सहकारी को डाँटा, "शर्माजी, आप तो अख़बार की रिपोर्टरी छोड़कर चाय की दुकान खोल लेते तो अच्छा होता। संवाद-संग्रह तो आपके बूते की बात नहीं जान पड़ती।" भयभीत शर्माजी ने गड्ढ़े में कौड़ी खेलती हुई अपनी आँखों से चश्मा उतारकर उसे कुरते से पोंछते हुए पूछा, "क्यों, क्या हुआ?"

प्रधान संवाददाता ने खीझकर कहा, "यह जो आप पन्ने-पर-पन्ना अलिफ़लैला की कहानी से रंग लाए हैं, वह कहाँ छपेगा और कौन छापेगा, इस पर भी आपने कुछ विचार किया है? आपने जो लिखा है उसका आपके सिवा कोई और भी गवाह है? आज आपकी रिपोर्ट छाप दूँ तो कल ही अख़बार बन्द हो जाए; सम्पादकजी बड़े घर पहुँचा दिए जाएँ।"

अपने सम्बन्ध में वार्ता होती सुनकर सम्पादकजी भी सजग हुए। उन्होंने पूछा, "क्या बात है?"

"यही शर्माजी की रिपोर्टिंग पर झख रहा हूँ, और क्या?" प्रधान संवाददाता ने कहा।

"पढ़िए," सम्पादक ने आदेश दिया। प्रधान संवाददाता ने रिपोर्ट की कापी शर्माजी की ओर बढ़ाते हुए कहा, "लीजिए, आप ही पढ़कर सुनाइए। वह शीर्षक भी पढ़ दीजिएगा जो आपने संवाद पर लगाया है। क्या शीर्षक है?"

"एही ठैयाँ झुलनी हेरानी हो रामा," झेंप-भरी मुद्रा में शर्माजी ने कहा और फिर धीरे-धीरे वह रिपोर्ट पढ़ने लगे–

"कल छह अप्रैल को नेताओं की अपील पर नगर में पूर्ण हड़ताल रही, यहाँ तक कि खोमचेवालों ने भी नगर में फेरी नहीं लगाई। सवेरे से ही जुलूसों का निकलना जारी हो गया, जो जलाने के लिए विदेशी वस्त्रों का संग्रह करता जाता था। ऐसे ही एक जुलूस के साथ नगर का प्रसिद्ध

कजली-गायक टुन्नू भी था। उक्त जुलूस जब टाउन हॉल पहुँचकर विघटित हो गया तो पुलिस के जमादार अली सगीर ने टुन्नू को जा पकड़ा और उसे गालियाँ दीं। गाली देने का प्रतिवाद करने पर जमादार ने उसे बूट की ठोकर मारी। चोट पसली में लगी। वह तिलमिलाकर जमीन पर गिर गया और उसके मुँह से एक चुल्लू खून निकल पड़ा। पास ही गोरे सैनिकों की गाड़ी खड़ी थी। उन्होंने टुन्नू को उठाकर गाड़ी में लाद लिया। लोगों से कहा गया कि अस्पताल को ले जा रहे हैं। परन्तु हमारे संवाददाता ने गाड़ी का पीछा करके पता लगाया है कि वास्तव में टुन्नू मर गया। रात के आठ बजे टुन्नू का शव वरुणा में प्रवाहित किए जाते भी हमारे संवाददाता ने देखा है।

"इस सिलसिले में यह भी उल्लेख है कि टुन्नू का दुलारी नाम्नी गौनहारिन से भी सम्बन्ध था। कल शाम अमन सभा द्वारा टाउन हॉल में आयोजित समारोह में भी, जिसमें जनता का एक भी प्रतिनिधि उपस्थित नहीं था, दुलारी को नचाया-गवाया गया। उसे भी शायद टुन्नू की मृत्यु का संवाद मिल चुका था। वह बहुत उदास थी और उसने खद्दर की एक साधारण धोती-मात्र पहन रखी थी। सुना जाता है कि उसे पुलिस ज़बरदस्ती ले आई थी। वह उस स्थान पर गाना नहीं चाहती थी जहाँ आठ घंटे पहले उसके प्रेमी की हत्या की गई थी। परन्तु विवश होकर गाने के लिए खड़ा होना पड़ा। कुख्यात जमादार अली सगीर ने मौसमी चीज़ गाने की फ़रमाइश की। दुलारी ने फीकी हँसी हँसकर गाना प्रारम्भ किया। उसने कुछ अजीब दर्द-भरे गले से गाया–"एही ठैयाँ झुलनी हेरानी हो रामा, कासों मैं पूछूँ?"

"पास ही में कम्पनी बाग़ के फूलों की खूशबू से वायुमंडल आमोदित हो उठा था। चारों ओर सन्नाटा छाया हुआ था जिसे भेदकर दुलारी की स्वरलहरी गूँज उठी–

'एही ठैयाँ झुलनी हेरानी हो रामा, कासों मैं पूछूँ?'

"बूट की ठोकर खाकर दोपहर को टुन्नू जिस स्थान पर गिरा था उसी स्थल पर दृष्टि जमाए हुए दुलारी ने दोहराया, 'एही ठैयाँ झुलनी हेरानी हो

रामा' और फिर चारों ओर उद्भ्रान्त दृष्टि घुमाते हुए उसने गाया–'कासों मैं पूछूँ?' उसके अधर-प्रान्त पर स्मित की एक क्षीण रेखा-सी खिंची। उसने गीत का दूसरा चरण गाया–

'सास से पूछूँ, ननदिया से पूछूँ, देवरा से पूछत लजानी हो रामा?'

" 'देवरा से पूछत' कहते-कहते वह बिजली की तरह एकदम घूमी और जमादार अली सगीर की ओर देख उसने लजाने का अभिनय किया। उसकी आँखों से आँसू की बूँदें छहर उठीं, या यों कहिए कि वे पानी की कुछ बूँदें भी जो वरुणा में टुन्नू की लाश फेंकने से छिटकीं और अब दुलारी की आँखों में प्रकट हुईं। वैसा रूप पहले कभी न दिखाई पड़ा था–आँधी में भी नहीं, समुद्र में भी नहीं, मृत्यु के गम्भीर आविर्भाव में भी नहीं।"

"सत्य है, परन्तु छप नहीं सकता," सम्पादक ने कहा।

राम-काज छनभंगु सरीरा

"श्री सीताराम का मन्दिर टूटा, महन्त सीताराम ने गोहार लगाई और बाबू सीताराम लुट गए।"

चूने में दही मिलाकर उसे छानने में व्यस्त बेनी तमोली के मस्तिष्क में खंडहर की भिखारिन के उक्त शब्द गूँजते रहे। गत रात पहली ही मुलाक़ात में उस भिखारिन ने बेनी के मन पर गहरा प्रभाव डाला था। उसकी बातों से बड़ी शान्ति मिली थी। वह बार-बार सोचता था कि भिखारिन की यह बात कितनी सच है कि मन की आग तिल-तिल जिगर जलाने से ठंडी होती है।

इधर चूना भी तैयार हो गया। कत्था, चूना और सुपारी के मृत्पात्रों को पान की दौरी में करीने से सजाकर और दौरी कमर पर रखे बेनी घर से बाहर निकला। नित्य की भाँति जब वह दुलारी के घर के सामनेवाले चबूतरे पर आया तो उसने देखा कि उसके स्थान पर आज पुलिस ने कब्ज़ा कर रखा है। उस सँकरी गली में जन-समुद्र उमड़ आया है। जनता के चेहरे पर कौतुहल और आतंक की छाया है और पुलिस-कर्मचारियों के मुखमंडल पर अवसरजनित महत्त्व से मंडित गुरुतापूर्ण गम्भीरता की माया।

बेनी एक ओर दीवार से सटकर खड़ा हो गया और आँखों से ही वे चिह्न टटोलने लगा जिनसे उस घटना पर प्रकाश पड़ सके, जिसके

कारण गली में इतनी भीड़ हो गई। बेनी जानता था कि दुलारी की गणना बदनाम औरतों में है। साथ ही वह यह भी मानता था कि नामवर मर्द और बदनाम औरत को देखने का कुतूहल सभी को होता है। अतः दुलारी के घर पुरुषों की भीड़ लग जाना कोई असाधारण बात नहीं। अचरज की बात इतनी ही है कि पुलिस क्यों आई है।

जितने मुँह उतनी बातें। परन्तु सबका निष्कर्ष यही था कि छत की कड़ी में धोती बाँधकर दुलारी ने फाँसी लगा ली। लाश अब भी वैसी ही लटक रही है। घटना आत्महत्या की है, इसमें किसी को सन्देह न था। प्रश्न केवल एक था कि दुलारी ने आत्महत्या की क्यों? इस प्रश्न का उत्तर केवल बेनी के पास था, परन्तु घटना जान लेने के बाद बेनी बग़ल में पान की दौरी दबाए भीड़ में से निकला जा रहा था।

गली के मोड़ पर स्थित नल पर पानी भरने के लिए कुछ औरतें एकत्रित थीं। उन्हीं के बीच खड़ा दस-वर्षीय बालक झींगुर नेताओं की तरह भाषण कर रहा था और औरतें बड़ी तन्मयता से उसका बाग्विलास सुन रही थीं। झींगुर को यह महत्त्व प्राप्त होने का कारण केवल यह था कि वह भी उसी कोठरी के नीचेवाली कोठरी में अपनी माँ के साथ किराए पर रहता था जिसमें दुलारी ने आत्महत्या की थी। कन्धों पर विख्यात सिर रखनेवाले के पैरों की धूल भी माथे पर चढ़ाई जाती है। बालक झींगुर बड़े प्रौढ़ भाव से कह रहा था, "हमें सब मालूम हौ कि ई कसबिन काहे जान दे देलस। टुनुआँ के मामले में फेंकू से बिगड़ गइल। बस, अब बुढ़ौती में के पूछी, यही सोच में ऊ मर गइल।"

कच्चे मुँह पक्की बातें सुनने में औरतों को रस मिलता है, पुरुष चिढ़ जाते हैं। वही बात यहाँ पर भी हुई। बालक झींगुर की बात पर जवान औरतें मुँह में आँचल ठूँसकर हँसने लगीं, बूढ़ियों ने गम्भीरता से मुसकराने के प्रयत्न में अपना पोपला मुँह और भी विकृत बनाते हुए केवल इतना ही कहा, "ठीक कहते हो।" परन्तु आसपास खड़े मरदों को झींगुर की छोटे मुँह बात नहीं सुहाई। दो-चार ने ताच्छील्यपूर्ण स्वर में कहा, "भाग, भाग, अपना काम देख!" बेनी ने भी झींगुर की बातें

सुनीं और घृणा से मुँह फेर आगे बढ़ गया। उसके पैर राजघाट किले के खंडहरों की ओर बढ़े जा रहे थे।

मछोदरी पर राजघाटवाले रास्ते का मोड़ मिला। ठीक मोड़ पर बनी एक दुकान के चबूतरे की ओर बेनी ने देखा और उसका मन विषाद से भर उठा। कुल बारह घंटे पहले रात को आठ बजे किले के खंडहर से लौटते समय थककर दुलारी इस चबूतरे पर दस मिनट बैठी थी और अब इतनी दूर चली गई कि ख़्याल भी उसके पास जाते थकता है। विषाद-विशीर्ण रहने पर भी बेनी मानव-मन और तन की सुकुमारता और नश्वरता पर मुसकराया और चबूतरे की ओर से आँखें मोड़ आगे बढ़ा। वह सोचता जा रहा था कि पिछली साँझ कितनी विचित्र थी! वह उस साँझ को गंगा के किनारे-किनारे लहरों से यह पूछने चल पड़ा था कि "बोलो, तुमने मेरी नवोढ़ा पत्नी को कहाँ छिपा लिया है?" उसने आदिकेशव के घाट पर पहुँचकर यह भी विचार किया था कि उसका पता लगाने के लिए मैं स्वयं गंगा में कूद पड़ूँ। वह मढ़ी पर से कूदने के लिए सीढ़ियाँ चढ़ ही रहा था कि उसने देखा कि दुलारी घाट की अन्तिम सीढ़ी पर बैठी अपनी ही धोती से अपने हाथ-पैर बाँध रही है। वह ऊपर रुककर देखने लगा कि दुलारी अपने हाथ-पैर लपेटने के बाद पानी में लुढ़क गई। बेनी ने भी छलाँग मारी और वह जब उतराया तो उसके हाथ में दुलारी की चोटी थी।

दुलारी को बन्धन-मुक्त कर सीढ़ी पर लिटा देने के बाद बेनी उससे ज़रा हटकर बैठा रहा। तत्काल पानी से निकाल ली जाने के कारण दुलारी भी शीघ्र ही स्वस्थ होकर उठ बैठी और बेनी से उसने तुरन्त प्रश्न किया—

"का हो बरई! तूँ हमें काहे निकसलऽ?"

"त कउनो गुनाह नाहीं कइली दुलारी, डूबै में बड़ा कस्ट होला। हमार मेहरुऔ डूब के गायब हो गयल," बेनी ने जवाब दिया।

"अच्छा नहीं कइलऽ! करेजे में बड़ी आग हौ, ठंडी हो जात," दुलारी ने हसरत-भरे स्वर में कहा। बेनी भी जवाब में कुछ कहने जा

ही रहा था कि किसी ने ऊपर से कहा, "यह आग पानी से नहीं, तिल-तिल जिगर जलाने से ठंडी होती है।"

दुलारी और बेनी दोनों ने एक साथ आँखें ऊपर उठाईं, देखा कि चार-पाँच सीढ़ी ऊपर बड़े ही मैले-कुचैले परिधान में एक प्रौढ़ा नारी खड़ी है। उसकी वयस तिरेपन-चौवन वर्ष थी; अब भी उसके रूप में तेज था। तन कृश होने पर भी चेहरे पर लकीरें बहुत कम थीं अर्थात् आग शायद जल्दी जली थी, इसलिए धुआँ कम उठा था। दोनों ही उस अपरिचित नारी की ओर एकटक देखते रह गए। उसने पुनः कहा, "अगहन की साँझ है, भीगा रहना ठीक नहीं। मेरे साथ आओ।"

उसके स्वर में आदेश की गूँज थी। बेनी और दुलारी उसकी उपेक्षा न कर सके और उसके पीछे-पीछे चलकर खंडहर के जंगली भाग में एक भूइँधरे के भीतर घुसे। भूइँधरे भीतर से बहुत प्रशस्त था। कोने में एक क़ब्र बनी थी। क़ब्र थी तो कच्ची, पर उस पर चूना पूता हुआ था और फूल बिखरे थे। सिरहाने एक दीया भी टिमटिमा रहा था। बेनी और दुलारी दोनों चित्रवत खड़े रहे। खूँटी पर टँगे झोले में से एक धोती निकालकर दुलारी को देते हुए अपरिचित नारी ने कहा, "देखते क्या हो? यह उस बहादुर का मज़ार है जो मुहब्बत को ख़ुदा समझता था और जिसने ख़ुदा के नाम पर समर में अपनी जान दे दी।"

दुलारी और बेनी दोनों के सिर अपने-आप क़ब्र के सामने झुक गए।

2

रास्ता चलते बेनी की आँखों के भूइँधरे में रातवाला दृश्य घूम गया। उसने सोचा कि खंडहर की भिखारिन कितनी पढ़ी-लिखी है। बात-बात में 'सैर' (शेर) कहती थी। दुलारी के धोती बदल लेने के बाद उसने दोनों से जो प्रश्न किया था वह भी 'सैर' में ही। उसने पूछा था–

"ज़िन्दगी से इस क़दर बेज़ार क्यों हो?
डूब मरने के लिए तैयार क्यों हो?"

यदि बेनी भी शायर होता या उसकी वाणी भी शिक्षित होती तो उसने निश्चय ही उत्तर दिया होता कि–

"मौत का एक दिन मुअय्यन है
नींद क्यों रात-भर नहीं आती?"

और यदि दुलारी का भी बौद्धिक स्तर काफ़ी ऊँचा होता और प्रश्न करनेवाली की भाँति वह भी शेरो-शायरी में माहिर होती तो सम्भवतः यही जवाब देती कि–

"बिन तुम्हारे मैं जी गई अब तक
तुमको क्या, खुद मुझे यक़ीन नहीं!"

परन्तु यह क्षमता न रहने से बेनी ने केवल इतना ही कहा था कि "मेरी फुलवारी गंगा की लहरों ने लूट ली।" और दुलारी केवल साँस भरकर मौन रह गई थी। इस पर भिखारिन ने फिर पूछा था कि "क्या तुम्हें अपने आशिक़ो-माशूक़ खोकर उनकी कोई ऐसी निशानी हाथ न लगी जिसे तुम अपने प्यारों की एवज़ प्यार कर सकते, उसे देखकर मरे के नाम पर जी सकते?" इस पर बेनी ने बताया था कि, "डूबी पत्नी की खोज करते मैं एक गाय पा गया," और दुलारी ने कहा था कि "मेरा प्रेमी मरने के पहले खद्दर की एक धोती मुझे दे गया।"

यह सुनते ही वह वृद्धा नारी बड़ी कड़वाहट से बोल उठी थी, "तब तुम दोनों ही भारी बुज़दिल हो। ऐसी नायाब चीज़ें पास रहते भी ज़िन्दा नहीं रह सकते?" दुलारी ने दबी ज़बान से उसे जवाब दिया था कि "दुख में ज़िन्दगी बिताना बहुत ही मुश्किल है," और प्रौढ़ा ने इस जवाब पर बिगड़कर कहा था, "ग़लत, बिल्कुल ग़लत! दुनिया में सबसे सहज काम है सुख में भी दुःख से मर जाना और सबसे मुश्किल काम है दुःख में भी सुख से ज़िन्दगी बिताना।" प्रौढ़ा की बात पर दुलारी को हँसी आ गई थी। उसने कहा था, "ये सब कहने की बातें हैं, दुनिया में कौन ऐसा है जिसने दुःख में भी सुख से ज़िन्दगी बिताई?"

दुलारी की इस बात पर प्रौढ़ा जल उठी थी और उसने जवाब दिया था, "दूर कहाँ देखने जाओगी? मुझे ही देखो! क़िले का इतना बड़ा खंडहर मेरे सिवा और किसका है? जब चाहती हूँ, कहीं भी घूमती हूँ, कोई रोकनेवाला नहीं। जब चाहे सोऊँ, जब चाहे जागूँ, कोई टोकनेवाला नहीं। सुबह मुँह पर नक़ाब डाल और हाथ में कासा लेकर भीख माँगने निकल पड़ती हूँ। जो भी मिल जाता है, खुशी-खुशी खा लेती हूँ। और उसी क़ब्र की बग़ल में बिस्तरा जमाकर अपने यार की याद में मज़े लेती हूँ। और जो मेरा दुःख देखना चाहो तो मेरी रामकहानी सुनो। सुनोगे?"

बेनी और दुलारी दोनों के सिर हिलाकर आग्रह प्रकट करने पर प्रौढ़ा ने यों कहना आरम्भ किया था–

"बयाँ ख़्वाब की तर्ह जो रहा हो
वह क़िस्सा है तब का आतिश जवाँ था।"

"श्री सीताराम का मन्दिर टूटा, महन्त सीताराम ने गुहार मचाई और बाबू सीताराम लुट गए। बनारस में दो दिन के लिए भूकम्प आ गया, कितने ही नौनिहाल मिट्टी में मिल गए। अड़तालीस घंटे ऐसी आग जली कि मेरे सुहाग का चमन जल गया, मेरे अरमानों के फूल राख हो गए। उस बवाल को, उस ज़वाल को, उस तवारीख़ी हादसे को बनारस में राम-हल्ला कहते हैं।"

बेनी और दुलारी 'राम-हल्ला' शब्द से परिचित थे, परन्तु वह घटना पूरी-पूरी नहीं जानते थे जो बनारसियों की पिछली पीढ़ी की स्मृति में एकदम ताज़ा थी। उनकी उत्सुकता बढ़ी और प्रौढ़ा कहती गई–

"मेरे बाप शाह अताउल्ला एक दरगाह में गद्दीनशीन थे। माँ हिन्दआनी थी जो किसी वजह से अपनी जात से निकाली जाने पर मुसलमान हो गई थीं। बाप ने मेरा नाम रखा था आसमान तारा। माँ पुकारती थीं सितारा, लेकिन मैं होश सँभालने पर खुद अपने को ज़मीन का चाँद समझती थी। चैत के महीने में मैं पैदा हुई थी, चैत के महीने में ही मेरी शादी हुई और उसी चैत के महीने में मैं बेवा हो गई। अम्माजान कहा करती थीं कि इसी चैत के महीने में रामजी पैदा हुए थे।"

समय का आवरण जैसे भेदकर भूतकाल को प्रत्यक्ष-सा देखते हुए भिखारिन कहे गई थी, "हाँ, तो चैत के महीने में ही जबकि मेरी उम्र पूरी पन्द्रह साल थी, मेरी शादी हुई। मेरे शौहर शाह शहाबुद्दीन ऐसे कल्ले-ठल्ले के जवान थे कि जो उन्हें देखता, देखता ही रह जाता। कल मेरी शादी का पहला दिन था। कमरे में अपने सूरज शौहर के पास चाँद-सी दुल्हन बनी बैठी थी। सड़क पर किसी के चिल्लाने की आवाज़ आई। एक कुन्दन-बदन जवान हाथ-भर लम्बी शानदार दाढ़ी बढ़ाए दौड़ता जाता था और कहता था कि बनारस के हिन्दुओ और मुसलमानो सुनो, अस्सी पर पानीकल बिठाने के लिए श्री सीताराम का प्राचीन मन्दिर तोड़ा जा रहा है। आज मन्दिर टूट रहा है, कल मस्जिद टूटेगी, बचाओ, बचाओ, बचाओ!"

इतना कहने के बाद भिखारिन ने साँस ली थी और फिर कहना आरम्भ किया था–

"उस आदमी की, जिसका नाम मुझे बाद में मालूम हुआ था महन्त सीताराम था, दिलकश आवाज़ सुनकर हम सभी तड़प उठे। अम्माजान दौड़ी हुई आईं, बोलीं, 'बेटा शहाब, देखो तो क्या बात है?' मेरे शौहर, जिन्हें मैंने प्यार से शाह शब कहना शुरू किया था, फ़ौरन ही बाहर चले गए। अम्माजान मुझसे कहने लगीं, 'बेटा सितारा, यह बात बहुत बुरी है। राम भी तो ख़ुदा का ही नाम है। सच पूछो तो इश्क़-मुहब्बत को ही ख़ुदा कहते हैं।' माँ की बात सुनकर मेरे बाप ने भी हँसते हुए उसकी ताईद की और कहा, 'अल्लाह मजनू को लैला नज़र आता है!' मेरे शाह शबाब भी गली से लौट चौखट पर खड़े ये बातें सुन रहे थे। उन्होंने सिर्फ़ इतना ही पूछा, 'अम्माजान, इजाज़त है न?' बाबा और अम्मा ने फ़ौरन कहा, 'हाँ, यह ख़ुदा का काम है,' और दोनों कमरे से बाहर निकल गए। शबाब ने भीतर आकर मुझसे पूछा, 'तुम्हारी भी इजाज़त है न?' एक बार तो मैं उनका सवाल सुनकर सन्न हो गई और फिर हिम्मत बाँधकर इतना कहा, 'मेरा ठिकाना?' शौहर ने अपने गले में पड़ी गुलाब की माला मेरी गरदन में डाल दी और खुद चले गए।"

यह कहते-कहते भिखारिन की आँखों में आँसू भर आए थे। उसने ठंडी साँस ली थी और फिर कहा था–

"फिर क्या था! बनारस के हिन्दुओं और मुसलमानों ने अस्सी घाट पर रखी बड़ी-बड़ी मशीनें उठाकर गेंद की तरह गंगा में फेंक दीं। उसके बाद लूट होने लगी। लोगों ने समझा कि मन्दिर तुड़वाने में भदैनी के रईस बाबू सीताराम का हाथ है। भीड़ तो भेड़ होती ही है; लोग उनके मकान पर टूट पड़े। उस वक़्त मेरे शौहर ने कहा कि "भाई, लूट में हम शामिल नहीं" और सभी मुसलमानों को लेकर वह वहाँ से हटने ही वाले थे कि ख़ुदा जाने किसने गोली चला दी। वह गोली मेरे शौहर को लगी। भीड़ भाग निकली, मगर वह किसी तरह गंगा-किनारे पहुँचे और वहीं गिर पड़े। उसी रात मैं उन्हें खोजने निकली–बिना माँ-बाप से पूछे। दरिया किनारे उन्हें बेहोश पड़ा पाया। किसी तरह उन्हें उठाकर एक नाव पर लाद दिया और उन्हें इस भूइँधरे में ले आई। बहुत चाहा कि उन्हें बचा लूँ, लेकिन अफ़सोस उसी रात उन्होंने दम तोड़ दिया। वह रामनौमी की रात थी। सारी रात जागकर मैंने अपने हाथों उनकी क़ब्र बनाई। देखो!"

भिखारिन की बात सुनकर बेनी और दुलारी की निगाह क़ब्र की ओर उठ गई थी, जिस पर भिखारिन ने हँसकर कहा था, "वह नहीं, यह देखो।" और अपने गले में लटकते हुए डोर से बँधी एक डिबिया दिखाई। उसे खोला। उसमें फूलों का चूरा पड़ा था। भिखारिन ने उसमें से वह सूत निकाला जिसमें कभी वे फूल गूँथे गए थे। उसे दिखाते हुए उसने दुलारी से कहा था, "देखो, इस सूत के बल पर मैंने अपनी दुःखी ज़िन्दगी सुख से बिताई और तुम्हारे पास तो समूची धोती है।"

रास्ता चलते हुए बेनी ने मन-ही-मन कहा, "सचमुच दुलारी ने धोती का उपयोग फाँसी लगाने में खूब किया!"

एहि पार गंगा ओहि पार जमुना

1

गंगा उस भोली छोकरी का नाम था जिसने मुहल्लोंवालों की आहों पर मचलना और निगाहों पर चलना स्वीकार नहीं किया था, जिसकी एक अपेक्षित चितवन के भिखारी मुहल्ले के 'बादशाह' राय साहब साधूराम से लेकर मुहल्ले-भर के नौकर सिधुआ कहार तक प्रायः सभी लोग थे। यदि रायसाहब उसे अपने कारखाने की म़जदूरिनों का मेठ बनाने को तैयार थे तो सिधुआ भी उसे अपने हृदय की रानी बनाकर पूजना चाहता था। बूढ़े और ज़वान, जवानी की ओर पैर बढ़ानेवाले छोकरे और जवानी से विदा लेने को तैयार अधेड़–सभी 'गंगा-लाभ' करना चाहते थे। गंगा की आँखों में विलायती अंगूरी भी थी और देशी ठर्रा भी। यही कारण था कि प्यालेवाले अपना प्याला और चुक्कड़वाले अपना चुक्कड़ एक-एक बूँद बटोरकर भर लेना चाहते थे।

गंगा जब सवेरे-शाम काली धोती पहन और मिट्टी की कलसी कमर पर रखकर नल की ओर चलती तो श्रृंगारी कवियों और शायरों का भाग मानो जाग जाता। उनकी कविताओं की आवृत्ति आरम्भ हो

जाती। गंगा बूढ़ों की जवानी पर हँस देती, जवानों के लड़कपन पर झुँझलाती और अपना रास्ता लेती। देखनेवालों के कथनानुसार उसके झुँझलाने में भी एक ख़ास रस था।

गंगा अहीर की लड़की थी। बाप-भाई से विहीन और पति द्वारा त्यक्ता। घर में वह थी और उसकी माता। गंगा की माँ ने गंगा से सगाई कर लेने को कितनी ही बार कहा, 'किन्तु गंगा का एक क्षुद्र 'ना' उसकी माँ के अनुरोध और क्रोध पर भी 'हाँ' न हो सका। प्रायः 'सगाई प्रकरण' को लेकर माँ-बेटी में झड़प भी हो जाती। उस दिन तो इस अभिनय का आरम्भ सोकर उठते ही हुआ। गंगा आँगन में झाड़ू लगाने चलीं और उसकी माँ दही मथने। दोनों अपने-अपने काम में व्यस्त थीं, एकाएक गंगा की माँ ने पुकारा, "गंगा!" गंगा में उत्तर न दिया। वह अपने मन के घने अन्धकार में प्रकाश का कण खोज रही थी। उसकी माँ ने पुनः पुकारा, "गंगा!" गंगा ने फिर अनसुनी कर दी। उसकी झाड़ू से उड़ती हुई धूल के साथ-साथ प्रकाश-कण भी उड़ा जा रहा था। इस बार गंगा की माँ का धैर्य छूट गया। उसने चिल्लाकर पुकारा, "गंगिया, बहिरी है क्या? सुनती काहे नाहीं?"

मन की व्यथा को दबाती हुई गंगा ने चकित भाव से कहा, "क्या तुमने मुझे पुकारा है, अम्मा?"

"और नहीं तो कौन खसम तेरा यहाँ बैठा हुआ है, तुझे पुकारने वाला?"

गंगा ने करुणा से भरी हुई आँखें अपनी माँ की ओर उठाईं मानो उससे पूछ रही हो, क्या यही कहने के लिए पुकारा था?

गंगा की माँ ने झिड़कते हुए कहा, "टुकुर-टुकुर देखती क्या है? ले यह दूध और दही। दे आ रायसाहब के यहाँ, मेरी तबीयत आज ठीक नहीं।"

"मैं तो वहाँ न जा सकूँगी," क्षण-भर ठहरकर गंगा ने धीरे से उत्तर दिया।

"ठीक है, तू वहाँ कैसे जा सकती है? तू ठहरी रानी-महारानी! इतना छोटा काम भला कैसे करेगी? हाँ, मुहल्ले-भर से नज़ारा मारने को हो तो अभी तैयार!"

"क्या झूठ-मूठ बकती हो? ज़रा भगवान से डरो!"

"भगवान से डराती है, रे हरामज़ादी? दूध देने जाएगी नहीं, काम-काज कुछ करेगी नहीं, फिर मेरे तन में भी तो अब पौरुष नहीं रहा। अब काम करनेवाला और कौन है तेरा यहाँ? कहती हूँ, सगाई कर ले। लेकिन सगाई का नाम लिया कि तुझे जूड़ी चढ़ी। अरे, तू कौन ठाकुर-बामन है कि सगाई करने से तेरी जात चली जाएगी!"

"कै बार तो तुमसे कह दिया अम्मा, अपना-अपना मन ही तो है!"

"तो तू ऐसी अपने मन की हो गई है? मैं कहती हूँ, तुझे अपनी सगाई करनी पड़ेगी। और नहीं तो रायसाहब के यहाँ नौकरी ही कर। एक तो वे राजा आदमी और न जाने कितनी बार मुँह खोलकर कह चुके हैं।"

"क्या सगाई-सगाई हल्ला करती हो! मैं न सगाई करूँगी, न रायसाहब के यहाँ नौकरी। हाँ, किसी दूसरी जगह नौकरी लगा दो, कर लूँगी।"

"तेरे लिए नौकरी रखी है न कि और कहीं लगा दूँ। हुँः अहीर की लड़की और सगाई नहीं करेगी!"

"तो तुम भी अहीर की ही लड़की हो, तुम्हीं ने क्यों नहीं...?"

"क्या कहा रे कुतिया कलमुँही!" कहते-कहते गंगा की माँ ने मथानी फेंककर मारी। मथानी गंगा के सिर में लगी। आँख में आँसू और मस्तक पर रक्त-बिन्दु छलछला उठे। गंगा तड़पी और तूफ़ानी विचार की तरह उठकर झपटी, किन्तु दूसरे ही क्षण उन आँखों की तरह बैठ गई जिनकी ज्योति में घना अन्धकार लहराता है।

2

गंगा के घर के सामने बेनी का बरोठा था। सूरज की पहली किरन बेनी के मुँह पर पड़ी और उसने आँखें खोल दीं। उसने हाथों से आँखों को मला, फिर हथेलियों को चूमकर हल्की-सी अँगड़ाई ली और उठ बैठा। उठते ही उसकी निगाह गंगा के आँगन पर पड़ी। उसने गंगा और उसकी माँ की बातें सुनी, गंगा की दीनता और उसकी माँ का क्रोध देखा और अन्त में देखा गंगा के माथे का रक्त और उसकी आँख का आँसू। दया, घृणा, क्रोध और शायद स्नेह की भी एक धारा उसके मानस-उपकूल के मध्य से होकर बह गई। उसने सुना, बुढ़िया चिल्ला-चिल्लाकर कह रही है—"हुँः, समझाते-समझाते जबान टूट गई। ऐसी भी कोई जिद है! बच्चा हो तो कोई समझाए भी! अरे मुझे अब क्या करना है; आज मरे कल दूसरा दिन। जो कहती हूँ तेरे भले के लिएं। लेकिन कौन सुने, कौन समझे, करम में तो लगी हुई है आग! तेरे ही लिए मैंने रायसाहब से कहा, रो-धोकर हाथ जोड़-जोड़कर विनती की। भगवान भला करे उसका, दूध-पूत से घर भरे, बेचारे ने तुरन्त कहा, गंगा की माँ—घबराती काहे है? जब जी में आए उसे मेरे यहाँ पहुँचा जा। घर में बाल-बच्चे हैं, नौकर-मजदूरिन है, कायदे से रहेगी। उसकी भी ज़िन्दगी कट जाएगी।"

बेनी ने देखा कि गंगा ने कुछ जवाब नहीं दिया। वह थोड़ी देर चुपचाप रही। फिर उठी, मस्तक का घाव पानी से धो डाला और कलसी उठाकर आँखें पोंछती हुई घर से बाहर हो गई। बेनी की आँखें गंगा का अनुसरण कर रही थीं।

गली के चबूतरे पर जंगलेदार कोठरी में पंडितजी गीता-पाठ कर रहे थे—'असंशयं महावाहो मनो दुर्निग्रहंचलम्।' इतने में एक परिचित ध्वनि ने उनके दुर्निग्रह मन को ग्रहण कर लिया। उन्होंने देखा कत्थई साड़ी में गंगा को—उषा की छाया में तिरोहित होती हुई क्षणदा की छवि को।

उनके मुख से निकला था, 'हे कौन्तेय' और वाक्य की पूर्ति हुई 'कुसुम्भारुणं चारु चैलं वसाना' कहते हुए। गंगा आगे बढ़ गई। गीता-पाठ उस दिन स्थगित रहा।

मुंशीजी–साठ बरस के मुंशीजी–कानों पर एक अदद कलम खोंसे और स्याही के धब्बों से भरा हुआ बस्ता बग़ल में दबाए घर से निकले। चौखट डाँकते ही उनकी निगाहों ने रूप की चट्टान से टकराकर ठोकर खाई। सामने से गंगा आ रही थी। मुंशीजी चमककर ठमक गए। गंगा और समीप आ गई थी। मुंशीजी ने टोका, "कहो गंगा, क्या हाल-चाल है? कुछ और भी सुना? रायसाहब तुम्हारी सगाई की फ़िक्र में है। मगर हम तो तुम्हें अच्छी तरह जानते हैं। इसी से हमने भी साफ़-साफ़ कह दिया, 'रायसाहब! वह मुहल्ले की लड़की है, भली है, शादी नहीं करना चाहती तो आपसे मतलब?' मुहल्ले के आदमी अगर एक-एक टुकड़ा दे देंगे तो बेचारी की ज़िन्दगी कट जाएगी, और भाई मैंने तो तुमसे कह ही रखा है कि मेरे न बाल हैं न बच्चे, आकर दो रोटियाँ तुम्हीं खिला दिया करो। मेरे बाद तो सब तुम्हीं लोगों का है, नहीं तो सरकार ले लेगी। क्यों?"

गंगा ने उत्तर न देकर प्रश्न ही किया, "बाबा! अभी तुमने अपने कफ़न का इन्तज़ाम किया कि नहीं?"

मुंशीजी का चेहरा उतर गया, पर मुसकराकर बोले, "शायर का कलाम है, 'कफ़न बाँधे हुए सिर से...!' "

शायर का कलाम गंगा की समझ में न आया, वह और आगे बढ़ी। बेनी ने आँखों को दूरबीन बनाकर उक्त दृश्य देखा और कानों में मानो बेतार की तार लगाकर उसकी बातें सुनीं। बेनी की आँखें भीग गईं, कर्णमूल लाल हो उठे। इसी समय आँगन से एक गुरु-गम्भीर ध्वनि ऊपर उठी, "माँ!" बेनी की चेतना लौट आई। उसने उत्तर दिया, "जमुना अभी आया," और धड़धड़ाता हुआ नीचे उतर गया।

3

जमुना आदमी नहीं, जानवर थी—चार पैर, दो सींग, एक पूँछवाला पशु, जिसे हिन्दू बड़े प्रेम से गऊ-माता पुकारता है। बेनी के परिवार में दो ही प्राणी थे—एक वह स्वयं और दूसरी जमुना। बेनी तमोली था और खाता-पीता खुशहाल। ऊपर रहता था और नीचे दुकान करता था। बेनी जब से पैदा हुआ तब से उसके घर में दो प्राणियों का निवास होता आया था। पहले इस घर में बेनी के माँ-बाप रहते थे। बेनी को जन्म देने के दो घंटे बाद उसकी माँ ने परलोक का पथ पकड़ा। घर में बेनी और उसका बाप रहने लगा। बाप ने माँ का काम भी किया, बेनी को पाला-पोसा, बड़ा किया। बेनी की शादी देहात में ठीक हुई। बाप बड़े धूमधाम से बारात ले गया। शादी हुई, बारात लौट आई, पर रास्ते में बाप को साँप ने काट लिया। ज़हर के नशे में बेनी का बाप घर का रास्ता भूल परलोक के रास्ते पर चल पड़ा। घर में रहने लगे बेनी और उसकी पत्नी।

श्रावण का एक सोमवार था। बेनी और उसकी पत्नी गंगा नहाने गए। बरसाती गंगा का वेग बेनी की पत्नी को बहा ले चला। नावें छटीं। छह-सात घंटे निरन्तर परेशान होने के बाद भी बेनी को अपनी पत्नी का शव तक न मिल सका, मिली एक बहती हुई गाय। बेनी ने पत्नी खोकर गाय पाई। तभी से उस घर में बेनी और उसकी गाय जमुना—दोनों एक साथ रहते थे। बेनी जमुना की सेवा प्राण-पण से करता था। उसे जमुना की सेवा करने में एक आनन्द, एक रस का अनुभव होता था। गर्मियों में रात को दुकान बढ़ाने के बाद बेनी गाय को गली में खोल लाता, स्वयं एक चबूतरे पर बैठ जाता और गाय को पंखा झलते-झलते एक करुण हृदय-विदारक स्वर में गा उठता, "मितवा मड़ैया सूनी कर गैला।" मुहल्लाभर आराम से सोता, पर बेनी का यह गीत गंगा की नींद हराम कर देता। वह प्रयत्न करने पर भी सो न पाती। बेनी के गीत की प्रतिध्वनि गंगा के मुँह से गूँजती, "मितवा मड़ैया सूनी कर गैला।" इस प्रकार आधी रात बीत जाती। बेनी आँगन में गाय को बाँध स्वयं ऊपर सोने चला जाता। सुबह नल पर उसे नहलाकर तब स्वयं स्नान करता।

उस दिन भी जमुना की आवाज़ पर बेनी नीचे उतरा और उसे खोलकर नल पर ले चला। नल पर गंगा खड़ी थी। बेनी ने पूछा–

''कहो गंगा, मजे में हो न?''

''दिन कट रहे हैं और क्या?''

''सो तो हई है!'' बेनी जमुना को मल-मलकर नहलाने लगा। गंगा ने कहा–

''बेनी, तुम जैसी सेवा जानवर की करते हो वैसी तो कोई आदमी की भी काहे को करता होगा?''

''कौन सेवा करता हूँ, गंगा! आदमी को कुछ-न-कुछ करना ही पड़ता है। न करे तो जिए कैसे? सूनापन डस न ले!''

दोनों चुप रहे। गंगा ने अपनी कलसी भरी। जमुना और बेनी ने स्नान किया। गंगा ने अपनी स्निग्ध दृष्टि जमुना पर फेंककर कहा, ''बड़ी सुन्दर है तुम्हारी गैया! जभी तो इतना प्यार करते हो!''

''सुन्दर अपनी निगाह, गंगा! जिसको जो भा जाए उसको वही सुन्दर है।''

गंगा ने धीरे से कहा, ''ठीक कहते हो।'' दोनों का घर आ गया था। गंगा अपने घर चली गई। सन्ध्या हो गई थी। बेनी का दिन आज बड़ी अशान्ति और उलझन में कटा, उसके मन में वह रस्साकशी हो रही थी जिसे वह बहुत दिन से टालता आया था। एक ओर गंगा थी, दूसरी ओर जमुना। बेनी की दुकान आज भी बन्द ही रही। दिन-दिन धूमिल होनेवाली स्मृतियाँ एक के बाद एक आने और जाने लगीं। जन्म से लेकर अब तक का जीवन उसे चलचित्र की तरह दिखाई पड़ा। उसकी आँखों में गंगा थी और उसका हाथ जमुना की पीठ पर था। उसके मुँह से निकला, ''गंगा!''

गंगा ने किवाड़ खोलकर बेनी के घर में प्रवेश किया। उसने कहा, ''क्या है? तुम कैसे जान गए कि मैं आ रही हूँ? क्यों गरीब का कोई धरम नहीं होता?''

''होता है गंगा, पर तन में नहीं मन में। गरीब का धरम मन में होता है।''

गंगा की आँखें चमक उठीं, बोली, "तब लोग हमारे शत्रु क्यों बने हैं? हमारा धरम क्यों छीनना चाहते हैं?" बेनी ने अपनी जिज्ञासु दृष्टि गंगा की ओर उठाई। गंगा ने कहा, "आज मैं रायसाहब के यहाँ दूध देने गई थी। गई क्या थी, ज़बरदस्ती भेज दी गई थी। वह मुझसे कहने लगे, 'गंगा, अगर तुम दया न करोगी तो मैं साधू हो जाऊँगा, मेरा इतना बड़ा कारोबार नष्ट हो जाएगा, मेरे बाल-बच्चे भूखे मर जाएँगे और इनका सारा पाप तुम्हें पड़ेगा।' घर पर अम्मा भी कहती है, 'अगर तू रायसाहब के यहाँ नौकरी न करेगी तो मैं जान दे दूँगी।' उस मूरख को क्या पता कि रायसाहब कैसा आदमी है! अब तुम्हीं बताओ कि मैं क्या करूँ?"

"कुछ नहीं गंगा, न तो रायसाहब साधू होंगे और न तुम्हारी अम्मा मरेगी।"

"नहीं बेनी, आज रायसाहब कसम खाकर कह रहे थे।"

"झूठ है; वह कभी साधू नहीं हो सकते।"

"और अगर हो गए तो?"

"कुछ नहीं होगा! ऐसे लोग साधू-वैरागी नहीं होते।"

"तो कैसे होते हैं?"

"कैसे होते हैं! तो लो, आज से यह घर-बार, रुपया-पैसा, बरतन-भाँडा—सब-कुछ तुम्हारा और मैं जमुना को लेकर चला। जिसे साधू होना होता है गंगा, वह तो हो ही जाता है। उसे कहने की क्या ज़रूरत!"

तन पर एक अँगोछा और हाथ में जमुना की पगहिया लिए हुए बेनी अपने मार्मिक स्वर में आलाप लेता हुआ घर के बाहर हो गया। गंगा ने आश्चर्यचकित होकर सुना—

"एहि पार गंगा ओहि पार जमुना, बिचवा मड़ैया छवाए जैहो।"

गंगा के मुख से भी गीत की प्रथम पंक्ति निकल पड़ी, "कैसे दिन कटिहें, जतन बताए जैहो!"

चैत की निन्दिया जिया अलसाने

1

अधकटे मृगछौने की तरह बिछौने पर सारी रात तड़पते रहने के बाद अठहत्तर-वर्षीय वृद्ध पंडित पद्मानन्द पांडेय ने भोर की दक्षिणी वायु में अपनी चिन्ता विभोर कर देने के लिए छत पर निकलकर टहलना आरम्भ किया। उन्होंने देखा कि मधुमास में भी पावस की घटाएँ घिरी हुई हैं और दूर गंगा की लहरों पर बुढ़वा का मेला नृत्य कर रहा है। उन्होंने अपनी धुँधली आँखों से मेला देखने का प्रयत्न किया, परन्तु दृष्टि की दुर्बलता के कारण वह केवल छिटपुट आलोक ही देख सके।

इतना अवश्य हुआ कि किसी बजड़े से उठी भैरवी की सरस तान वायु का वितान विदीर्ण करती हुई उसके कानों से आ टकराई, "जोबनवाँ चार दिना दीनो साथ!" पद्मानन्द ने जैसे गायिका के कथन का समर्थन करते हुए गम्भीरता से अपना सिर हिलाया, कहा, "सचमुच 'जोबनवाँ चार दिना दीनो साथ'," और उनकी झुकी हुई कमर कुछ और झुक गई।

नीचे की मंजिल में किराए पर कोठरी लेकर रहनेवाली गंगा आँगन बुहारने के लिए निकल पड़ी थी। धीरे-धीरे अन्धकार दूर होकर आकाश में ललाई छा गई। पद्मानन्द भी आँगन में आने के लिए सीढ़ियाँ उतरे।

आँगन में बँधीं उनकी पगध्वनि से परिचित दोनों गायों ने अपने कान खड़े किए। उनके मुँह से रम्भाने की दुर्बल ध्वनि निकली। पद्मानन्द भी आँगन में आकर खड़े हो गए और हथिनी-जैसी डीलडौलवाली अस्थिसार अपनी नन्दिनी और कामधेनु की ओर कुछ देर एकटक निहारते रहे। फिर लम्बी साँस भरकर बग़ल की एक लम्बी-चौड़ी कोठरी–भूसेवाली कोठरी–में घुसे और चारों ओर दृष्टि दौड़ाई। एक कोने में भूसे की प्रायः आध सेर मिट्टी-मिली तलछट पड़ी थी। उन्होंने उसे हिलोरकर प्रायः चार मूठी भूसा उठाया और नन्दिनी तथा कामधेनु की नाँदों में डेढ़-डेढ़ सेर पानी मिलाकर घोल दिया। दोनों ही गायें एक बार तो बड़े चाव से नाँद पर टूट पड़ीं, परन्तु दूसरे ही क्षण अपना मुँह हटा पद्मानन्द की ओर देखने लगीं। पद्मानन्द की आँखें भर आईं, मानो वे कह रही थीं, 'मैं खुद कई दिन का भूखा हूँ, गऊ माता! क्या करूँ?'

उधर उनकी भड़ैत गंगा आँगन के एक कोने से अपनी कोठरी के सामने झाड़ू लगाती और साथ ही कनखियों से पद्मानन्द की गतिविधि भी देखती जाती थी। उसने उनकी आँखों में वह आँसू भी देख लिया जिसे उन्होंने अपने शतछिन्न अँगोछे से तत्काल पोंछ लिया था। वह ससंकोच उनके पास आई और बोली, "बाबा, इस महीने का भाड़ा तो चढ़ ही गया है। कई दिन से सोच रही हूँ कि दे दूँ, पर हाथ में पैसा था नहीं। अब आ गया है। कहिए तो दे दूँ?" पद्मानन्द चुप रहे। गंगा तुरन्त अपनी कोठरी में गई और पाँच रुपए का एक नोट लाकर पद्मानन्द को देते हुए बोली, "बाबा, यह पूरा नोट ही रख लीजिए, ढाई रुपया इस महीने का और ढाई रुपया पेशगी।"

पद्मानन्द नोट लेकर बोले, "पाँच रुपए और न होंगे? मुझे दस रुपए की बहुत ज़रूरत थी।" गंगा ने दबी ज़बान से कहा, "हैं तो नहीं, लेकिन, अच्छा ज़रा ठहरिए।" गंगा ने वहीं से आवाज़ दी, "गंगो, तुम्हारी माँ क्या नहाकर लौट आई?" गंगा की आवाज़ पर पाँच-छह वर्ष की एक लड़की सामने की कोठरी से निकली। उसने कहा, "हाँ जीजी, अम्मा नहाकर आ गई हैं, बैठी जप कर रही हैं। क्या है?"

उसकी बात का जवाब न देकर गंगा उसकी माँ के पास गई और अपने हाथ का चाँदी का कड़ा देते हुए उसने कहा, "इस पर पाँच रुपए तुम मुझे उधार दे दो, गंगा की माँ! टकासी सूद दूँगी और आज के महिनवें दिन छुड़ा लूँगी।"

प्रति रुपए दो पैसे सूद की बात सुनकर गंगो की माँ आनाकानी न कर सकी। यदि गंगा ने सूद की बात न कही होती और यों ही रुपया उधार माँगा होता तो निश्चय ही गंगो की माँ अपना सीधा उत्तर देती, "मेरा रुपया तो राय साहब की कोठी में जमा है, वह बेफजूल उड़ाने के लिए नहीं देते। कहते हैं कि तेरे बाद तेरी गंगो के काम आएगा।" परन्तु प्रति मास दस पैसे की अनायास आमदनी वह न छोड़ सकी। उसने गंगा के कड़े रख उसे पाँच रुपए दे दिए। गंगा ने भी वह रुपया लाकर पद्मानन्द को दे दिया। रुपया पाते ही बूढ़े का चेहरा खिल उठा। वह तुरन्त ही घर से निकल पड़ा।

2

पैर में पर लगाए काशी की टेढ़ी-मेढ़ी गलियों में बूढ़ा उड़ा जा रहा था। उसे आतुरतापूर्वक घर से निकलते देख गंगा ने समझा था कि वह अपने लिए गल्ला और अपनी गायों के लिए चारा लाने जा रहा है। परन्तु यदि वह देखती तो सचमुच आश्चर्य से भर जाती कि मध्यकालीन संस्कृति में पला बूढ़ा न तो विश्वेश्वरगंज की ओर जा रहा है, और न खोजबाँ के बाज़ार की ओर, जो नगर में गल्ले की मुख्य मंडियाँ हैं, अपितु उसका लक्ष्य एक अंधी गली में स्थित एक खंडहरनुमा मकान है। बूढ़े ने वहाँ पहुँचकर कुंडी खटकाई। तत्काल ही खिचड़ी केश और दो-चार टूटे दाँतोंवाली एक स्थूलांगी महिला ने द्वार खोल दिया और पूछा, "क्या रुपए लाए हो?" वृद्ध ने वृद्धा की फैली हथेली पर पाँच-पाँच रुपए के

दो नोट रखते हुए उत्तर दिया, "हाँ, ले आया हूँ। लेकिन तुमने तो मुझसे माँगा था नहीं।"

"फिर भी मैं जानती थी कि तुम रुपए ज़रूर लाओगे," वृद्धा ने स्नेह-विगलित स्वर में उत्तर दिया।

दोनों ही जीवन के अस्ताचल पर खड़े थे। दोनों ही जानते थे कि मृत्यु-रूपी महानिशा की गोधूलि-वेला उनके सामने है। फिर भी दोनों की बातों में तरुण स्नेह की रंगीनी उषा की अरुण आशा के समान उनके मन की शून्यता को जैसे अनुरंजित कर रही थी। वृद्ध ने हँसकर पूछा, "इतना तो बता ही दो कि तुमने यह कैसे जान लिया कि तुम्हारे बलराम और बखेड़ू द्वारा इसी द्वार पर बार-बार अपमानित होने के बावजूद तुम्हारे बिना माँगे ही मैं रुपया ले आऊँगा?"

वृद्धा खिलखिलाकर हँसी, बिहारी की 'दैन कहै नटि जाइ' वाली तरुणी नायिका की अदा से, और फिर कुछ संयत होकर बोली, "ख़ैर, तुम जान भी कैसे सकते हो? मर्द हो न! मर्द की दृष्टि होती है, केवल समूची दुनिया का रूप देखने के लिए, लेकिन औरत के पास होती है अन्तर्दृष्टि। वह बाहर ही नहीं, भीतर भी झाँक लेती है, समझे!"

"न समझे होंगे तो अब मैं समझे लेता हूँ," कहते हुए एक हाथ में जूता उठाए बखेड़ू राम बाहर निकले। उन्हें अपनी जननी सोनामती से पैदाइशी घृणा थी। उनके पिता बुद्धिदत्त पांडे जन्म से बुद्धू थे। उनकी आँखों में धूल झोंकते बखेड़ू राम को तनिक भी कठिनाई नहीं पड़ती थी। परन्तु उनकी माता उन्हीं के शब्दों में पूरी 'कज्जाक' थी और इसलिए उनकी स्वतन्त्रता में बाधक। परन्तु सौभाग्य से लड़कपन से ही बखेड़ू राम को अपनी माता के सम्बन्ध में एक ऐसी सूचना मिल गई कि वह उस दिन से शेर हो गए।

अब से प्रायः पचास वर्ष पूर्व उनकी माता ने पन्द्रह-वर्षीया वधू के वेश में अपने पति के चचेरे छोटे भाई पद्मानन्द के घर अर्थात् अपनी ससुराल में प्रवेश किया था। उस समय उस परिवार में एक साथ कई घटनाएँ घटीं। सर्वप्रथम पद्मानन्द की पत्नी सहसा मर गई। प्रवाद फैला

कि उसने आत्महत्या की है। ललित कलाओं पर प्राण देने के लिए प्रसिद्ध पद्मानन्द तब तक अपनी अधिकांश सम्पत्ति स्वाहा कर चुके थे। परन्तु फिर भी इतनी सम्पत्ति बच गई थी कि तत्काल ही उनका दूसरा विवाह ठीक हो गया और उन्होंने सबको आश्चर्य में डालते हुए विवाह करना अस्वीकार कर दिया। उसके थोड़े ही दिन बाद पद्मानन्द पर पूर्ण रूप से आश्रित बुद्धिदत्त ने उनके घर में रहना स्वीकार नहीं किया और किराए पर मकान लेकर आलम चले गए। वहाँ भी पद्मानन्द पहुँचते थे और अपनी भावज सोनामती से पूर्ववत सम्मान पाते थे। ऐसी बातों पर संसार जो कुछ सोचता आया है वही सोचता रहा और बखेड़ू राम को वह अस्त्र मिला जिससे वह अपनी माँ का कलेजा निरन्तर छेदने लगे। बुद्धिदत्त बीमार पड़े थे। पैसा था नहीं कि चिकित्सा कराएँ, परन्तु उद्दंड बखेड़ू राम ने पद्मानन्द का त्याग नहीं समझा और उन पर जूता चला दिया। बूढ़े पद्मानन्द रो पड़े, सोनामती सिहर उठी, बोली, ''अरे मुर्ख! जनक पर जूता?''

''बुद्धिदत्त पंडित नहीं हैं, क्लीव हैं,'' वृद्धा गरज उठी। बखेड़ू राम घबरा उठे और इस स्थिति से लाभ उठाकर बूढ़े पद्मानन्द वहाँ से खिसक गए।

3

पागलों की तरह बड़बड़ाते हुए पद्मानन्द दिनभर इधर-उधर घूमते रहे और जब साँझ हुई तो हरिश्चन्द्र घाट पर जा पहुँचे और बाढ़ के कारण तट पर जमी हुई बलुई मिट्टी के टीलों को काट-काटकर निर्मित सीढ़ियों पर एकत्र बच्चों का खेल देखने लगे।

सबसे ऊपर सीढ़ी पर खड़ी एक लड़की ने पूछा, ''मछली-मछली, कित्ता पानी?'' सबसे नीची सीढ़ी पर खड़े बालक-बालिकाओं के समूह

ने क़वायद की मुद्रा में एक साथ अपने दोनों हाथ अपनी पसलियों से लगाते हुए एक स्वर से उत्तर दिया–

"सोनचिरैया! इत्ता पानी!" और सबसे ऊँची सीढ़ी पर खड़ी लड़की दूसरी सीढ़ी पर उतर आई। उसने पुनः प्रश्न किया, "मछली-मछली, कित्ता पानी?" इसी प्रकार सोनचिरैया का अभिनय करनेवाली लड़की छन्द के बन्धन में कसी हुई भावपूर्ण कविता के समान प्रत्येक सीढ़ी पर खड़ी होकर अपना प्रश्न दुहराती हुई एक-एक चरण नीचे उतरती जाती थी और उधर नीचे फ़र्श पर खड़े होकर मछली का अभिनय करनेवाले लड़के-लड़की अपनी पसली, पेट, कमर, जाँघ, घुटना आदि पर क्रमशः हाथ रखते हुए उसके प्रश्न का बँधा जवाब दिए जा रहे थे।

उनका शोर-गुल पद्मानन्द को अच्छा न लगा। उन्होंने उनकी ओर से मुँह फेरकर अपनी धुँधली आँखों से गंगाजी में एक-एक गज़ लम्बी लहरों को उठते और उन पर बड़े बजड़ों को डगमग होते देखा। शरीर की झूलती हुई खाल पर उन्होंने प्रबल वेगमयी वायु के झकोरों का अनुभव किया और उन्हें अपनी तरुणाई की वह घटना याद हो आई जबकि अपने पिता की मृत्यु का शोक सालभर भी न मनाकर उन्होंने इसी चैत के महीने में बुढ़वा-मंगल के इसी अवसर पर नावपटैया की थी और काशी-नरेश तथा विजयानगरम नरेश के कच्छे के बाद उन्हीं के कच्छे ने मेले में सर्वाधिक धूम मचाई थी। इतने में ही हवा का एक करारा झोंका आया, पहले की अपेक्षा लहर कुछ और ऊँची हुई और तट पर बैठे पद्मानन्द नहा-से गए। वह लहर जैसे गंगा की लहर नहीं, स्मृतिसागर की तरंग थी। छप्पन वर्ष पूर्ववाले उस बूढ़वा-मंगल का विवरण, जो उस समय भारतेन्दु हरिश्चन्द्र के मासिक-पत्र 'कवि-वचन-सुधा' में प्रकाशित हुआ था, उनके मुँह से बड़बड़ाहट के रूप में प्रकट हुआ। तीन बरस तक लगातार प्रतिदिन दो-तीन बार उक्त विवरण की उद्धरणी करने के कारण वह उन्हें सदा के लिए रट-सा गया था। वह कह चले–

"गत बुढ़वा-मंगल में एक बात ऐसी अपूर्व हुई थी जो स्मरण रहे। वह यह है कि शुक्र के दिन वायु इस वेग से बही थी कि उसने सब

मेला इधर-उधर कर दिया और रामनगर के नीचे नावों का पहुँचना असम्भव हो गया। श्री महाराज विजयानगरम के कच्छे इसी पार रह गए। परन्तु श्री महाराज काशीराज ने जब देखा कि कच्छे आगे नहीं हटते, तब अपने हाथियों को बुलवा भेजा। आज्ञा होते ही बड़े-बड़े मतंग नंग-धड़ंग झूमते हुए एकसंग गंगाजी में हल गए। कोई तो अपने दाँतों से दबाता था और कोई सिर से ठोकन देता था और कोई पुठ्ठे का बल लगाता था और कोई अपनी दाढ़ों से कच्छों की कोर पकड़कर खींचता था। निदान यह कौतुक और शोभा देखने ही योग्य थी, लिखी नहीं जा सकती।''

पंडित पद्मानन्द अपने मन की तरंगों में उभ-बुभ होने लगे। उनकी दरिद्रता ने उन्हें महीनों से आंशिक अनशन करा रखा था, उनकी अनैतिक जवानी ने उनकी दुर्बल बुढ़ौती के लिए एक भीषण समस्या पोस रखी थी और उनका चिरतरुण मन आज भी पुरानी रंगरेलियों के लिए उन्मन हो रहा था। पेट में प्रज्ज्वलित भूख की आग के कारण उनकी आँखों के आगे नाचनेवाली चिनगारियों की संख्या बढ़ चली थी। उन्होंने क्षुधा की ज्वाला बुझाने के लिए गंगाजल का आश्रय लिया। कठिनाई से दो-तीन चुल्लू पानी वह पी सके, परन्तु ज़्यादा पानी भी नहीं पिया जा सका। उनका पेट मरोड़ उठा, वह अकुलाकर वहीं लोट गए।

लड़के-लड़कियों का खेल चल रहा था। अन्तिम सीढ़ी पर आकर लड़की ने पूछा–

''मछली-मछली, कित्ता पानी?'' सधा हुआ उत्तर मिला, ''सोनचिरैया, इत्ता पानी।'' और लड़की धम्म से नीचे फ़र्श पर कूदी। मछलियों की भूमिका में खड़े बालक-बालिकाओं ने सोनचिरैया को छिपा लिया। सोनचिरैया ने पहले फड़फड़ाने का अभिनय किया और तत्पश्चात् उसने हाथ ढीले कर दिए।

पत्थर की सीढ़ी पर पद्मानन्द ठंडे पड़े थे। उन्हें खोजती हुई उन्मादिनी के वेश में सोनामती भी वहीं आ गई। कुछ निठल्ले दर्शक

भी एकत्र हो गए। एक ने पूछा, "यह मर गया है क्या, उठता क्यों नहीं?"

सोनामती उसे उत्तर देने ही जा रही थी कि दूर किसी बजड़े पर इस दुर्घटना से अनभिज्ञ गायिका ने तान लड़ाई—"चैत की निन्दिया जिया अलसाने हो रामा!"

इस हाथ दे उस हाथ ले

1

रायसाहब साधूराम के आलीशान मकान के नीचे की दुकान में किराएदार मिट्ठू कोयलेवाले ने दुकान खोली और ऊपर खिड़की की ओर मुँह उठा ऊँचे स्वर में गा उठा–

"इलाही ख़्वाब में शब को
न जाने कौन आता है;
जलाने, चुटकियाँ लेने,
रुलाने कौन आता है?"

पूस का सवेरा था और सात बजे का समय। रातभर गहरी वर्षा होकर सुबह पानी थम-सा गया था। हवा में सर्दी भी बढ़ गई थी। जाड़े के डर से फटा-पुराना कम्बल ओढ़े रायसाहब के मकान में निचले खंड की एक कोठरी में सम्पादक शर्मा जी सिकुड़े पड़े थे। मिट्ठू के दर्द-भरे गले की आवाज़ उनके कानों में आई। मिट्ठू ने ग़जल का दूसरा शेर कहा–

"अगर तक़दीर हो सीधी
तो तुम हो जाओगे सीधे;
रहो ख़ामोश, देखो तो
मनाने कौन आता है?"

शर्माजी मिट्ठू की ग़ज़ल का एक-एक शब्द जैसे अनुभव कर रहे थे। ऐसा जान पड़ता था जैसे मिट्ठू नहीं, मिट्ठू की आत्मा गा रही हो। उन्होंने सोचा कि मिट्ठू की उम्र अभी कुल सोलह-सत्रह साल की होगी। यदि वह कोयला बेचना छोड़कर किसी गुनी से गान-विद्या का अभ्यास करे तो कौन कह सकता है कि एक दिन वह कुशल कलाकार न हो जाएगा! इसके हृदय में संगीत-कला का बीज वर्तमान है; यदि अनुकूल परिस्थिति मिले तभी वह प्रस्फुटित और पल्लवित हो सकता है, अन्यथा कोयले का व्यवसाय तो उसे जला ही डालेगा।

बाहर मिट्ठू गा रहा था, भीतर शर्माजी उसके भविष्य के सम्बन्ध में विविध कल्पनाएँ कर रहे थे। इतने में ऊपर खिड़की खुली और मधुर स्वर में किसी ने कहा–

"मिट्ठू, गंगो आ रही है। इसे सेर-भर कोयला दे दो।"

मिट्ठू ने गाना बन्द करके जवाब दिया–"बहुत अच्छा, बहूजी! कितना कोयला? सेर-भर न?"

"हाँ!" जवाब मिला और खिड़की बन्द हो गई। तत्पश्चात् तराजू-बटखरे की आवाज़ गंगो के पैर की चूड़ियों की झनकार और 'इलाही ख़्वाब में शब को न जाने' की ध्वनि सुनाई पड़ी।

2

रायसाहब साधूराम हर तरह से असाधारण व्यक्ति हैं। साधारण व्यक्ति खाने-भर को भी कठिनाई से कमा पाते हैं। रायसाहब की कमाई इतनी है कि खुद भी खाएँ, दूसरों को भी खिलाएँ और बैंक में भी मोटी रक़म जमा कर लें। साधारण व्यक्ति के लिए एक भार्या का भरण-पोषण भी भले ही समस्या बन जाए, परन्तु रायसाहब दो विवाहिता पत्नियों को सचमुच रानी बनाकर रखते हैं और मुहल्ले-भर की बहू-बेटियों को ही

नहीं, अपितु अपने कारखाने की मज़दूरनियों तक को वह पद अस्थाई रूप से देने को तैयार रहते हैं।

रायसाहब की दोनों ही पत्नियाँ सुन्दर हैं। एक श्यामा है, दूसरी गौरी; एक चंचला है, दूसरी परम गम्भीर। श्यामा अत्यन्त गम्भीर और निर्भीक है अर्थात् गृहप्रबन्धिका अपनी विधवा ननद चमेली से वह बिल्कुल नहीं डरती। उसकी निर्भीकता उस सीमा तक पहुँच चुकी है जिसे बेहयाई कहते हैं। गौरी अत्यन्त लजीली है; उसे बोदी भी कह सकते हैं। श्यामा का नाम है प्रेमवती, गौरी का नाम है सुधा।

प्रेमवती का स्वभाव सर्वथा रायसाहब के स्वभाव के अनुकूल है। जब रायसाहब अपने कारख़ाने और विभिन्न दुकानों का निरीक्षण करने निकलते हैं तो प्रेमवती भी पास-पड़ोस में फेरी लगाने निकल पड़ती है। रायसाहब सोलह आने उसी के वशीभूत है। प्रेमवती ने शहर में कई रिश्तेदारियाँ भी खोज निकाली हैं। ब्रह्मनाल में ताऊजी रहते हैं, तो अस्सी पर फूफाजी, जिनके यहाँ जाकर वह दो-दो, चार-चार दिन मेहमान रहती है।

बरतन साफ़ करने से लेकर रसोई पकाने तक का काम सुधा के ज़िम्मे है। यह दूसरी बात है कि रायसाहब ने अपने कारख़ाने के सूरत नामक एक मज़दूर की बालिका पत्नी गंगो को बरतन माँजने के काम में सुधा की सहायिका नियुक्त कर दिया है। सुधा अपनी सौत प्रेमवती से उतना ही डरती है जितना बाघिन से बकरी। पति के समीप उसका मूल्य क्रीतदासी से भी घटकर है। छोकरी दासी गंगो के मुँह से सुनकर शर्माजी सुधा के बारे में इतनी ही जानकारी प्राप्त कर सके थे।

दूसरे दिन रविवार था। बादल भी खुल गए थे और लोगों को हफ़्ते-भर बाद सूर्य का दर्शन मिला। शर्माजी को दफ़्तर जाना नहीं था। जब दोपहर को रायसाहब अपनी दुकान पर चले तो उन्होंने भी धूप खाने के लिए उनसे छत पर जाने की अनुमति माँगी। रायसाहब को ऐसे काम बहुत प्रिय थे, जिनसे गाँठ का पैसा ख़र्च किए बिना ही अहसान जताने का अवसर मिलता हो। उन्होंने अनुमति दे दी। शर्माजी छत पर जाकर

धूप खाते हुए एक ऐतिहासिक उपन्यास पढ़ने लगे। उपन्यास में अलाउद्दीन खिलजी के नामर्द सेनापति मलिक काफ़ूर की मर्दानगी का विशद वर्णन था। शर्माजी की आदत किसी भी पुस्तक को मन में नहीं, ज़ोर से पढ़ने की है। उन्होंने पढ़ा कि रानी कमला काफ़ूर से कह रही है–

"तुम नामर्द हो, तुम नारी की मर्यादा क्या जानो? नामर्द अपनी भार्या तक को दूसरे के हाथ सौंप देता है, मैं तो फिर भी परनारी हूँ?"

इतने में आवाज़ आई–"ठीक है, बहुत ठीक!" शर्माजी ने चौंककर सिर उठाया, देखा कि छत पर प्रेमवती खड़ी है और कह रही है–"ठीक है, बहुत ठीक।" इस नारी की वाचालता पर उन्हें क्रोध आया और अग्निमय नेत्रों से उसे देखते रह गए। इस पर वह मुसकराकर बोली–"बाबू! क्या देखते हो? यह कौन-सी किताब है?"

शर्माजी को उसकी निर्लज्जता पर लज्जा आई। उसने पुनः कहा–"कौन-सी किताब है बाबू, बताते क्यों नहीं?"

"एक उपन्यास है," उन्होंने उत्तर दिया?

"उपन्यास तो अच्छा जान पड़ता है। एक दिन के लिए मुझे भी देना, दोगे न?"

"आज ही तो लाया हूँ," बात टालने के लिए उन्होंने कहा।

"तो मैं अभी थोड़ी ही माँग रही हूँ? जब ख़त्म कर लेना तब देना। कब तक ख़त्म कर सकोगे?"

"अभी तो पढ़ना प्रारम्भ किया है," उन्होंने कहा।

"घंटे-भर से तो पढ़ रहे हो, कुल दो पन्ना पढ़ पाए? बहुत धीमा पढ़ते हो," कहकर उसने अविश्वास से हँस दिया। शर्माजी झेंपे, परन्तु तुरन्त ही सँभलकर बोले–

"बस किताब-भर हाथ में थी। ख़्याल दूसरी ओर था।"

"ऐसी अच्छी किताब पढ़ने में भी? बाबू! बुरा न मानना। तुम्हारी हिन्दी में कुछ नहीं है। वही सीता, वही सावित्री! वही आदर्श का पचड़ा!"

"आपको आदर्श अच्छा नहीं लगता क्या?"

"अच्छा लगने की बात नहीं है। बात यह है कि आदर्श मर गया है, जिस तरह बँदरिया अपने मरे हुए बच्चे को भी, जब तक वह सड़ न जाए, लिए-लिए फिरती है वैसे ही तुम हिन्दीवाले आदर्श का मुरदा लिए डोल रहे हो? अच्छा, आज यहीं तक।"

वह नीचे चली गई। शर्माजी उसकी विकृत प्रतिभा पर आश्चर्य करते रह गए।

3

उसी दिन शाम को प्रेमवती शर्माजी की कोठरी में आई। शर्माजी दूसरे दिन निकलनेवाले अख़बार के लिए अग्रलेख लिख रहे थे। शीर्षक रखा था—आदर्श और यथार्थ। आते ही प्रेमवती ने कहा, "बाबू! साड़ीवाला आया है। उसकी एक साड़ी मैंने पसन्द की है। रायसाहब घर पर हैं नहीं। आप पच्चीस रुपए मुझे दे दो। उनके आते ही लौटा दूँगी।"

उसकी माँग सुनकर शर्माजी बड़े असमंजस में पड़े। कुल अस्सी रुपए मासिक वेतन पानेवाला पच्चीस रुपए कर्ज़ कैसे दे दे? वह इनकार करने जा ही रहे थे कि उसने कहा, "अगर रुपए न हो तो रहने दीजिए, फिर कभी देखा जाएगा। दुःख इतना ही है कि साड़ी बहुत अच्छी है और कम दाम में मिल रही है।"

उसके चेहरे पर वेदना की रेखाएँ स्पष्ट उमड़ आईं। शर्माजी ने अभिभूत होकर कह दिया, "नहीं, नहीं, मैं रुपए देता हूँ," और पेट काटकर संचित सौ रुपए के अपने 'स्थाई' कोष से पच्चीस रुपए निकालकर उन्होंने उसके हाथ में रख दिए। उसने मुसकराकर 'धन्यवाद' कहा, और पलक मारते ही तूफ़ान की तरह वह बाहर चली गई।

इस प्रकार एक महीने के भीतर उसने शर्माजी से प्रायः पचासी रुपए ऐंठ लिए। फलतः उन्हें उसके चरित्र पर जो सन्देह हुआ था वह

दिनों-दिन बढ़ता ही गया। वह मन-ही-मन परदे में क़ैद उसकी सकुचीली सौत सुधा के चरित्र और स्वभाव से इसके चरित्र और स्वभाव की तुलना करते और यह सोचकर दुःखी होते कि प्रेमवती किस प्रकार मौज उड़ा रही है और बेचारी सुधा कितने कष्ट में है।

छुट्टी के दिन वह अपनी कोठरी में बैठे इन्हीं बातों पर विचार कर रहे थे कि प्रेमवती पुनः उनके पास आई। उनके पास उसका आगमन केवल रुपया ही लेने के लिए होता था, अतः आज भी उसके आने का उद्देश्य वह समझ गए और उसके कुछ कहने से पहले ही ज़बरदस्ती हँसते हुए बोल उठे, "बड़ा अच्छा किया जो मेरे रुपए ले आईं। इधर कई दिनों से मुझे रुपए की बड़ी आवश्यकता भी थी।"

"मैं रुपए देने नहीं, और भी रुपए लेने आई हूँ," उसने अत्यन्त निर्लज्जतापूर्वक हँसते हुए कहा।

"रायसाहब आपको जेब-ख़र्च कम देते हैं क्या?" उसने गम्भीर होकर पूछा।

"मैं आपको किस राजा साहब से कम समझती हूँ?" उसके मुख पर वैसी ही निर्लज्ज मुसकान थी।

"इसका मतलब?" शर्माजी ने कड़ाई से पूछा।

"तुम इतने मूर्ख हो!" उसने कहा और दरवाज़े का रास्ता लिया।

शर्माजी ने झपटकर उसकी राह रोक ली। वह कतराकर बग़ल से चली। उन्होंने डाँटकर उससे रुकने के लिए कहा। वह हाँफती हुई कुर्सी पर बैठ गई और बोली, "ओफ़!"

"ओफ-सोफ कुछ नहीं। बताइए, आप मेरा रुपया देंगी कि मैं रायसाहब से कहूँ?" शर्माजी का कंठ-स्वर अनावश्यक रूप से कठोर हो गया था। परन्तु उसने इसकी तनिक परवाह न की। वैसे ही बोली, "रायसाहब से क्या पाओगे? वह अलाउद्दीन हैं, तुम मलिक काफूर!"

क्षण-भर वह मौन रही, परन्तु शर्माजी के बोलने से पहले ही कुर्सी से उठते हुए बोली, "अच्छा जाती हूँ। लेते बने तो रायसाहब से रुपए ले लेना।" वह चलने लगी।

शर्माजी के मुँह से निकला–"यह त्रिया-चरित्र?" उसने सिर घुमाकर हँसते हुए जवाब दिया, "नारी त्रिया-चरित्र न करेगी तो क्या पुरुष-चरित्र करेगी?" और दूसरे ही क्षण वह उनके कमरे के बाहर चली गई।

4

दूसरे दिन चार घटनाएँ एक साथ हुईं। रायसाहब ने पिछली रात घर लौटने पर शर्माजी को सवेरा होते ही मकान ख़ाली करने का नादिरशाही अथवा खिलजवी आदेश प्रदान किया। उक्त आदेशानुसार दूसरे दिन बड़े ही तड़के उठकर शर्माजी अपना अल्प असबाब समेटकर उसकी गठरी बाँध रहे थे कि ऊपर गृहप्रबन्धिका चमेली देवी का हाहाकार क्रन्दन सुन पड़ा। वे रो-रोकर चिल्ला रही थीं–"सात पुश्त की नाक कट गई!" और रायसाहब उन्हें चुप रहने के लिए डाँट रहे थे। सुधा की दासी गंगो दौड़ी हुई शर्माजी की कोठरी में आई। उन्होंने उससे पूछा, "क्या हुआ है रे?" उसने बताया कि छोटी रानीजी का घर में कहीं पता नहीं है। सुधा के कष्टों का स्मरण कर शर्माजी को दुःख हुआ। उस घर में गंगो ने उनकी बड़ी सेवा की थी और शर्माजी उस घर से सदा के लिए जा रहे थे। इसलिए उन्होंने उसे एक रुपया पुरस्कार देते हुए उससे सस्नेह पूछा–"तुम्हारी मालकिन तो कहीं चली गई, गंगो! अब तुम इस घर में किसके पास रहोगी?"

गंगो ने बड़े ही भोले रूप से कहा, "अब मैं अपने 'उनके' साथ रहूँगी।"

शर्माजी की गठरी बँध चुकी थी। उसे एक कोने में रख वह स्नान के लिए नल की ओर चले। देखा, रायसाहब आज बड़े सबेरे ही बाहर चले जा रहे हैं। स्नान में उन्हें कुछ विलम्ब हुआ। छह महीने इसी नल के नीचे नियमित स्नान के बाद आज यह सोचकर उनका चित्त भावुक हो रहा था कि कल से नहाने के लिए कोई दूसरा घाट मिलेगा। इसी

समय आँगन में ज़ोर से शोर हुआ। शर्माजी शीघ्रतापूर्वक बाहर निकल आए और उन्होंने देखा कि बीच आँगन में प्रेमवती रायसाहब के एक ममेरे भाई को कोई भद्दा मज़ाक करने का पुरस्कार चप्पलों से दे रही है। हँसी दबाए हुए शर्माजी अपनी कोठरी में घुस गए। आँगन में ही प्रेमवती ने पूछा, "अभी गए नहीं?" उन्होंने उसकी बात का उत्तर दिए बिना ही कपड़े पहने, गठरी उठाई और गली का रास्ता लिया। बाहर निकलते ही देखा कि मिट्ठू की दुकान के तख़्ते के नीचे एक छोटा-सा लिफ़ाफ़ा पड़ा है। अविवेकपूर्ण ढंग से कौतूहलवश उन्होंने उठा लिया और त्योंही देखा कि मिट्ठू गली की मोड़ घूमकर दुकान पर आ रहा है। शर्माजी ने पैर बढ़ाया। मिट्ठू दुकान पर पहुँचकर ताला खोलने और ऊपर खिड़की की ओर मुँह उठाकर गाने लगा–

"गरचे बेज़ार तो है, पर
उसे कुछ प्यार भी है।
साथ इनकार के परदे में
कुछ इक़रार भी है।
दिल भला ऐसे को
ऐ 'दर्द' न क्यूँ कर देखे!
एक तो यार है औ उस पै
तरहदार भी है।"

उधर शर्माजी और भी आगे बढ़कर लिफ़ाफ़ा खोल पत्र पढ़ते हुए चले। पत्र में लिखा था–

"जनाब आली,

"जा रही हूँ। आपकी तीनों किताबें साथ लिए जा रही हूँ, इसलिए कि ज़िन्दगी का पहला पाप और आख़िरी भी, हमेशा याद रहे। जैसा कि मेरा ख़्याल है, अगर यह पाप ज़िन्दगी का पहला और आख़िरी पाप हुआ तो यह इकलौता पाप कहा जाएगा। बेटा चाहे कपूत हो या सपूत, प्यारा होता है। पर अगर कहीं वह इकलौता हुआ तो फिर क्या कहना? यह मेरा इकलौता पाप है, इसलिए मुझे बहुत प्यारा है।

"मैंने पाप किया था आपको दिल देकर। जवानी, वासना और अभाव की विवशता ने मेरे दिल में बदले की आग सुलगा दी। बदले की आग जो न करा दे। इसी ने सोने की लंका जला दी थी। मैं समझती थी, मेरा शौहर मेरी सौत को प्यार करता है। बस, बदले की आग भड़क उठी। उसे बुझाने के लिए पानी की ज़रूरत थी–चाहे वह समुद्र का खारा पानी होता, चाहे वह गंगा का पवित्र पानी होता, चाहे वह नाली का गँदला पानी होता। इसी समय तुम मिल गए–नाली के गँदले पानी की तरह। मुझे प्यास बुझानी थी, स्वाद थोड़े ही लेना था! मैंने गन्दे पानी से ओंठ लगा दिया। अब प्यास बुझ जाने पर मतली आती है। इधर असलियत भी खुल गई। मेरा शौहर दुनिया की किसी भी औरत को कभी प्यार नहीं कर सकता। वह तो खुद को–अपनी खुदी को–प्यार करता है, बस।"

पत्र पढ़कर जैसे शर्माजी के गाल पर तमाचा पड़ा। उसकी पीड़ा से चौंकते हुए उन्होंने सिर उठाया तो क्या देखा कि गली के मोड़ पर बेनी तमोली की दुकान पर बैठी गंगा तमोलिन से रायसाहब घुल-घुलकर बात कर रहे हैं। उन्होंने देखा कि रायसाहब की बात सुनकर गंगा घर के भीतर चली गई और रायसाहब उसे सुनाते हुए कहकर कि "अब भी मेरे कारखाने में तुम मज़दूरनियों की 'मेठ' बन सकती हो," अपनी दुकान की ओर बढ़े।

दीया क्या जले जब जिया जल रहा

1

गंगो नित्य की अपेक्षा आज कुछ जल्दी ही उठ गई थी। उठने के बाद से ही वह अनमनी थी। वह समझ नहीं पा रही थी, पर उसे सब-कुछ अधूरा-अधूरा दिखाई पड़ रहा था। चारों ओर अतृप्ति उसाँस-सी भरती जान पड़ती थी और अभाव मचल-मचल कर चिकोटी काटता-सा मालूम पड़ता था। उठते ही उसने अपनी पालतू बिल्ली को एक चैला खींचकर मारा; कारण, वह नित्य उसके निकलने के बाद कोठरी से बाहर निकला करती थी, पर आज वह उसके पहले ही बाहर निकल आई। उस दिन घर में उसने बुहारी नहीं लगाई, बल्कि झाड़ू उठाकर उसने सारा घर पीट डाला। उसका सारा आक्रोश अपने पति सूरत पर था जिसे वह अपने सारे अभावों का मूल कारण समझती थी। वह चाहती थी कि सूरत उससे कुछ कहे। उसे अपना अभाव, अभियोग उपस्थित करने का मौक़ा मिले। सूरत भी सवेरे से ही निगाह दबाए सब-कुछ भाँप रहा था। देख रहा था कि दिशाएँ निस्तब्ध हैं और गंगो का मुख बादलों की तरह भारी है। वह डर रहा था कि अभी-अभी वह कहीं बरस न पड़े। उसने चुपचाप नित्य-क्रिया समाप्त की, बाल सँवारे, गुड़ का एक टुकड़ा मुँह में डाला, पानी पिया और फिर एक अधजली

बीड़ी सुलगाकर वह दबे पाँव बाहर निकल जाने का प्रयत्न करने लगा। क़रीब-क़रीब वह सफल हो चुका था, अर्थात् एक पैर चौखट के उस पार कर चुका था, जूता भी पहन चुका था, दूसरा पैर भी उठ गया था, सहसा वज्रपात हुआ। उठा हुआ पैर जहाँ का तहाँ आ रहा। पैर रखने से बने हुए पहले निशान पर इस बार पैर वापस होकर इस प्रकार चारों ख़ाने ठीक बैठा जैसे समान कोण और भुजावाले त्रिभुज एक-दूसरे पर सरोतर बैठ जाते हैं। सिर सहसा घूम गया, आँखें सभय हो गईं, मुँह खुल गया, जैसे कह रहा हो—'भाई, तू भी तो खुल! यह बन्द-बन्द सा तो खल रहा है।' कानों में कम्पन हुआ। कम्पन से ध्वनि हुई।

"हाँ तो दिवारी कल है कि परसों?"

"कब है, हमें नहीं मालूम, मिल से छुट्टी होती तो मालूम होता।"

"तुम्हारे ऐसा निकम्मा आदमी तो त्रिलोक में न होगा। कब परब है, कब त्यौहार है, इसका भी तुम्हें पता नहीं।"

"पता लगे तो कैसे? सबेरा हुआ, दौड़ते मिल पहुँचा। दिनभर कोयला झोंककर दिया-जले हाथ और मुँह में कारिख पोते घर लौटता हूँ। दिनभर का थका-माँदा, लेटते ही नींद आ जाती है। हमको तो यह भी नहीं मालूम होता कि आज दिन कौन-सा है।"

"घर की परवाह हो तो मालूम हो।"

"आखिर तुम्हें दिवाली याद कैसे आई।"

"सालभर का त्यौहार है, और क्या?"

"अच्छा तो पता लगाकर बताऊँगा।"

"तुम क्या पता लगाओगे, मैं खुद पता लगा लूँगी। राम, राम! दुनिया में ऐसे भी आदमी हैं।"

सूरत मूरत बना हुआ सारी फटकार हज़म कर रहा था। गंगो शेरनी की तरह बकारती हुई घर से बाहर निकली।

सूरत अधजली बीड़ी से अधजला हृदय सुलगाता हुआ घर से बाहर निकल आया।

दीया क्या जले जब जिया जल रहा

"रामू की माँ! रामू की माँ!" की आवाज़ से मुहल्ला गूँज उठा। गंगो अपनी पड़ोसिन रामू की माँ को बुला रही थी। रामू की माँ भी अपने दरवाज़े पर आई। गंगो ने पूछा, "क्यों बहन, दिवारी तो कल ही है न?"

"हमको क्या मालूम बहन, कि दिवारी कब है और भैया दूज कब?"

"ऐसा क्यों कहती हो? सालभर का त्यौहार है।"

"मेरे यहाँ तो इस साल कोई त्यौहार न मनाया जाएगा।"

"क्यों?"

"तुम्हें नहीं मालूम? आसाम में भूकम्प में हमारे जेठ मर गए। उसी गम में इस साल हम त्यौहार नहीं मनाएँगे।"

गंगो निराश होकर उधर से लौटी। दूसरी ओर जाकर उसने अपनी दूसरी पड़ोसिन को पुकारा—"ललता, अरे ओ ललता!"

"क्या है, गंगो!" ललिता ने आकर पूछा।

"यही पूछना है कि दिवारी इस साल परसों पड़ेगी कि नरसों?"

"दिवारी न परसों है, न नरसों, कल ही है।"

"कल ही है!" गंगो के मुख पर आश्चर्य के सभी लक्षण स्पष्ट हो उठे।

उसने पूछा, "दिवारी के लिए तुमने क्या तैयारी की है?"

"हम गरीबों के यहाँ त्यौहार की तैयारी कैसी? यहाँ तो बारह महीने वही रूखी रोटी और वही सूखा साग। त्यौहार तो है अमीरों का, चमेली बुआ का, जो ललहोछठ तक धूमधाम से मनाती है।"

"ठीक ही है, भगवान ने चार पैसे दिए हैं, वह क्यों न धूमधाम करें!"

गंगो की आँखों में प्रकाश आ गया, जैसे घने अन्धकार में उसने आलोक-रेखा देख ली हो। उसने चमेली बुआ के घर की राह ली।

चमेली बुआ नौकर को बाज़ार भेजने के लिए वस्तुओं की लम्बी सूची बना रही थी। उन्होंने गंगो को देखकर भी न देखा, तथापि वह उन्हीं के पास जा बैठी।

गंगो अन्तःसत्वा थी। इधर उसकी तबीयत उर्द से बड़े पर आ गई थी। पर वह अपनी यह इच्छा किससे और कैसे प्रकट करे! लोकदृष्टि के समक्ष अपने मन का आवरण उठाने में वह लजाती थी, कारण आवरण उठाने में लज्जा लगती ही है—चाहे वह दैहिक हो या मानसिक। यही कारण था कि अपने पति सूरत से भी खुलकर अपने मन की बात नहीं कह सकती थी। वह चाहती थी कि कोई स्वयं उसकी इच्छा भाँप जाए और उसे पूरी कर दे।

चमेली बुआ का काम समाप्त होने पर गंगो ने कहा, "क्यों बुआ! कुछ मेरे लायक काम है?"

"काम तो कुछ वैसा नहीं है, पर त्यौहार का दिन है, इसलिए काम की क्या कमी है? हो सके तो जरा तड़के चली आना, पीठी-वीठी पीसनी है।"

गंगो दिनभर चमेली बुआ के यहाँ जी-तोड़ परिश्रम करती रही। रात के आठ बजे घर लौटी। सूरत मिल से लौट आया था। गंगो के आते ही उसने कहा, "दिवारी कल ही है।"

"तुमसे पहले ही मुझे मालूम हो गया है। बकवाद मत करो। हमें तड़के ही उठना है।"

2

अर्धनिशा की नीरवता को चीरता हुआ समीपवर्ती पुलिस-थाने का घंटा बजने लगा—एक! दो! तीन! चार! पाँच! छह! गंगो तड़पकर उठ बैठी। उसने सूरत का कन्धा झकझोरकर उसे उठा दिया और झल्लाती हुई बोली, "मैंने तुमको सहेज दिया था कि हमें जल्दी उठा देना, चार ही बजे जाना है। यह लो छह बज गया।" सूरत ने लेटे-लेटे ही जवाब दिया, "तुम तो बड़ी पागल हो। न सोती हो, न सोने देती हो। अभी तो कुल बारह बजे हैं, बारह!"

थाने का घंटा अभी बजता ही जा रहा था। गंगो को अपनी भूल मालूम हुई और वह लज्जित हो गई। पुनः लेट तो गई, पर आँख फिर न लग सकी। उसने जागते हुए सुना घंटे-भर बाद दो, घंटे-भर के व्यवधान के बाद तीन बजा। गंगो के लिए पलभर भारी होने लगा। बड़ी देर हो गई। चार का घंटा नहीं बजा। गंगो ने समझा कि शायद तन्द्रा के कारण चार बजना वह नहीं सुन पाई। वह उठ पड़ी और सूरत को घर से होशियार रहने का आदेश देती हुई बाहर निकल पड़ी।

3

कुल्ला-दातुन तक किए बिना चमेली बुआ के यहाँ दस बजे तक अथक परिश्रम करके गंगो घर लौटी। सूरत बाज़ार गया था। उसने जल्दी-जल्दी स्नान आदि समाप्त किया और इस प्रतीक्षा में कि अब चमेली बुआ के यहाँ से उसे कोई भोजन के लिए बुलाने आएगा, वह दरवाज़े पर जा बैठी। ग्यारह बजा, बारह बजा। अब तक कोई नहीं आया। गंगो ने देखा कि रामू की माँ रामू को गोद में लिए और रामू रन्नो को उँगली पकड़ाए चमेली बुआ की ओर जा रही है। गंगो ने पूछा, "कहाँ जा रही हो, बहन?"

"चमेली बुआ के यहाँ से बुलावा आया है, वहीं जा रही हूँ।"

"कब बुलावा आया?"

"कल ही शाम को।"

गंगो को धक्का लगा; रामू की माँ आगे बढ़ गई। थोड़ी ही देर बाद दो-चार दूसरी पड़ोसिनों के साथ ललिता भी चमेली बुआ के घर की ओर जाती दिखाई पड़ी। गंगो ने जानकर भी प्रश्न किया, "कहाँ जा रही हो?"

"चमेली बुआ के यहाँ से भोजन का बुलावा आया है न, वहीं।" अच्छा, यह बात है! मैंने भी सोचा कि कहाँ जा रही हो"

"न्यौता नहीं मिला तुमको क्या?" ललिता ने पूछा।

"न्यौता मिले भी तो मैं नहीं माननेवाली। मैं क्या किसी के टुकड़े की मोहताज हूँ या तुम लोगों की तरह पेट धोया है! तुम अमीर हो, अपने घर की हो।"

"अरे तो लड़ती क्यों हो?"

"मैं लड़ती हूँ कि तू? डाइन कहीं की!"

ललिता और उसकी साथिनें समझ न पाईं कि गंगो सहसा इतनी नाराज़ क्यों हो गई। वे अपने रास्ते बढ़ गईं। हताश होकर अपने ग़रीबों के भंडार-घर में जाकर यह जानती हुई भी कि उसकी अभिलषित वस्तु उसे नहीं मिलेगी, गंगो ने हाँड़ियाँ टटोलनी शुरू कीं, पर किसी भी हँडिया में उसे उर्द की दाल का एक दाना भी न मिला। वह अभाव के उस समुद्र-सी फैल गई जिसमें केवल चट्टानों से टकराकर बिखरने के ही लिए निराशा की लहरें उठा करती हैं। इसी समय कन्ट्रोल की दुकान पर से विमर्दित सूरत राशन लिए हुए घर आया। उसे देखते ही गंगो उसकी ओर लपकी। राशन की गठरी उसके हाथ से छीनकर ज़मीन पर पटकती और आँचल पसारकर रोती हुई उसने पूछा, "बोलो! मैंने तुमसे कब कहा था कि मैं उर्द का बड़ा खाऊँगी?"

इसी समय मकान-मालिक के पुत्र लल्लन ने कटोरे-भर उर्द की दाल उसके फैले हुए आँचल में उलट दी।

सूरत भौंचक हो रहा। सारा दृश्य उसके लिए पहेली था।

नारी, तुम केवल श्रद्धा हो

1

माँ-बाप पुकारते थे लल्लन।

कॉलेज के रजिस्टर में नाम था रघुवीरशरण और सहपाठियों में उसकी प्रसिद्धि थी 'विमेनहेटर' (नारी विद्वेषी) के नाम से। क्या कॉलेज, क्या शहर, क्या खेल का मैदान, क्या चौक का बाज़ार–सभी जगह उसे जाननेवाले निकल आते जो उसके नाम और उस नामकरण के कारण दोनों से परिचित रहते।

उसके शरीर का वर्ण असाधारण काला था। उसकी आँखों की बनावट कुछ ऐसी थी कि यदि वह देखता बाएँ तो दाहिने खड़े लोगों को यह भ्रम होता कि वह हमारी ही ओर देख रहा है।

वह खद्दर की धोती, बंडी और चादर पहनता-ओढ़ता था। पैरों में रहती थी काठ की चटपटिया। टोपी की उसे आवश्यकता ही न थी, कारण सिर पर लम्बे सघन केश-जाल थे–रूखे और बिखरे, उसके हृदय की अस्त-व्यस्तता और रुक्षता के परिचायक।

कक्षा में वह सबसे पीछे बैठता था, परन्तु जब परीक्षा-फल प्रकट होता था तो उसका नाम सबसे आगे मिलता। सबसे पीछे उसके बैठने का मौलिक परन्तु कटु कारण था कि कक्षा में सबसे आगे छात्राएँ बैठती

थीं। यदि सामने से कोई छात्रा दिखाई देती तो वह मुँह फेर लेता, परन्तु यदि वही छात्रा कुएँ में गिर जाती तो बचाने के लिए वह सबसे पहले कुएँ में कूद पड़ता।

किसी ने उसे एक कलैंडर भेंट किया। उस पर राधा-कृष्ण का एक नयनाभिराम चित्र था। दूसरे ही दिन उसके कमरे में लोगों ने देखा कि कलैंडर टँगा है, उस पर कृष्ण की आकृति ज्यों-की-त्यों चमक रही है, परन्तु राधा का स्थान दीवार की नीलिमा ने ले रखा है।

उसके अंग्रेजी पाठ्यक्रम में एक ऐसी पुस्तक भी थी जिसके आरम्भ में लेखिका का मनोहर चित्र था। उसने अपने कुछ सहपाठियों के साथ जाकर उक्त पुस्तक खरीदी। दूसरे दिन उन सहपाठियों ने देखा कि 'विमेनहेटर' की उक्त पुस्तक पर बढ़िया मोटा, चिकना कागज़ चढ़ा है, परन्तु लेखिका का चित्र बड़ी सफ़ाई से साफ़ कर दिया गया है।

स्त्रियों से भद्दा मज़ाक कर उनकी चप्पल तक खानेवाले उसके पिता देवीचरण ने जब अपनी रक्षिता को घर में ही ला बिठाया तो उसने पितृभक्ति को ठोकर मार दी और पिता के सामने ही उनकी रक्षिता को केश-कर्षण द्वारा बाहर निकाल दिया, परन्तु उसी दिन शाम को उसके पिता के मोटर-चालक झींगुर ने उससे यह कहा कि एक बड़े घराने की पढ़ी-लिखी कुलवधू पति की बदचलनी से व्यथित होकर गृहत्याग करने को तैयार है और यदि उसने उससे विवाह न किया तो वह गुंडों के पंजे में पड़ जाएगी तो 'विमेनहेटर' ने तुरन्त उसे सुरक्षा का आश्वासन दिया।

ऐसा था विरोधी गुणों का सम्मिश्रण वह 'विमेनहेटर'!

2

उस दिन 'ए' होस्टल में इस संवाद से बड़ी सनसनी फैल गई कि उसी होस्टल का निवासी एक छात्र कॉलेज से निकाल दिया गया। जगह-जगह

लड़कों का झुंड इसी घटना की चर्चा कर रहे थे। एक छात्र अस्वस्थतावश कॉलेज न जा सका था। उसके कमरे में एक दल ने पहुँचकर ख़बर सुनाई–"बेचारा जनार्दन 'रस्टिकेट' हो गया।"

"क्यों, क्यों, उसने क्या किया था?" प्रश्न हुआ। उत्तर मिला–"कुछ नहीं, यों ही बेकार।" पुनः प्रश्न हुआ–"फिर भी कुछ बात तो होगी ही। अकारण तो कोई निकाला नहीं जाता।"

"सुन्दरियों की सनीचरी दृष्टि पड़ जाना ही क्या पर्याप्त कारण नहीं?" एक छात्र ने कहा। "सुन्दरियों की या सुन्दरियों पर?" दूसरे छात्र ने टीका की। "एक ही बात है। खरबूजा छुरी पर गिरे या छुरी खरबूजे पर, परिणाम एक ही होगा। कटेगा खरबूजा ही।" तीसरे छात्र ने दार्शनिक भाव से उत्तर दिया।

"ठीक कहते हो," चौथे छात्र ने समर्थन के स्वर में कहा, "हमारी नज़र सुन्दरियों पर पड़े या सुन्दरियों की नज़र हम पर, हर हालत में बर्बाद हमीं होंगे।"

"आप क्यों बर्बाद होने लगे, जनाब?" छात्रों की वार्ता के बीच 'विमेनहेटर' का जलद-गम्भीर स्वर सुनाई पड़ा। वह धीरे-धीरे आकर कमरे में एक कुर्सी पर बैठ गया। क्रोधवश वह काँप रहा था। मंडली में सन्नाटा छा गया जिसे तोड़ते हुए फिर गरजा–"इतना बड़ा अन्याय देखकर भी आप लोग उनके प्रतिकार का कोई उपाय नहीं कर रहे हैं! इसका परिणाम क्या होगा, जानते हैं? आज जनार्दन निकाला गया, कल मैं निकाला जाऊँगा, परसों अन्य निकाले जाएँगे।"

"जो जैसा करेगा वैसा भरेगा–हम हों, आप हों या अन्य कोई," एक छात्र ने कहा।

"जनार्दन ने क्या किया था जिसका उसे यह फल मिला?" 'विमेनहेटर' ने गुस्से से पूछा।

"कुछ तो किया ही होगा, तब ऐसा हुआ। अगर जनार्दन ने कुछ न किया होता तो लड़की शिकायत ही क्यों करती और अधिकारी उस पर ध्यान ही क्यों देते?" पहले छात्र ने ढिठाई से बात आगे बढ़ाई।

'विमेनहेटर' आपे से बाहर हो गया। उसने टेबल पर जोर से मुक्का मारते हुए कहा, "क्या अधिकारी मनुष्य नहीं है? क्या सुन्दरता का उन पर प्रभाव नहीं पड़ता। क्या लड़कियाँ झूठ नहीं बोल सकतीं?"

"लड़की क्यों झूठ बोलेगी?"

"जी हाँ, लड़कियाँ तो अब हरिश्चन्द्र हो गई हैं!"

"चाहे आप लड़कियों को झूठी कहें या अधिकारियों को पक्षपाती बताएँ महाशय, लेकिन सच पूछिए तो पक्षपाती आप हैं। वह ज़माना गया कि औरतें पुरुषों द्वारा सताई जाती रहें, उनकी बेइज़्ज़ती होती रहे और शर्म उनकी ज़बान न खुलने दे। यह समानता का युग है। यदि आप परीक्षा में शीर्ष स्थान प्राप्त करते हैं तो कुसुम भी द्वितीय स्थान प्राप्त करने में पीछे नहीं रहती। जिस कक्षा में आप पढ़ते हैं, उसी में लड़कियाँ भी। जो प्रोफ़ेसर आपको पढ़ाते हैं, वही उन्हें भी, अब सबके साथ समान व्यवहार होगा।"

"बाबा मेरे! यही तो मैं भी कह रहा हूँ," चिढ़ते हुए 'विमेनहेटर ने जवाब दिया, "समानता का व्यवहार करते हो तो निष्पक्ष भाव से करो। दोषी लड़के को निकालते हो तो दोषी लड़की को भी निकालो।"

"अब आए आप रास्ते पर," पहले छात्र ने कहा।

"यह तो मानेंगे ही कि छेड़छाड़ पहले लड़के ही शुरू करते हैं?"

"जी हाँ, पर इसके लिए उन्हें बाध्य करती हैं लड़कियाँ ही। किसी लड़के की इतनी हिम्मत नहीं कि बिना इशारा पाए किसी लड़की की ओर आँख भी उठा सके।"

"यह तो आप धाँधली पर उतर रहे हैं।"

"हरगिज़ नहीं। आज की ही घटना मेरे कथन का प्रमाण है। मैंने आदि से अन्त तक आज का तमाशा देखा है।"

"कहिये!"

"सुनिए। कुमारी कुसुम अन्य दो लड़कियों के साथ होस्टल से आ रही थी। जनार्दन भी उधर ही टहल रहा था, कुसुम ने उसकी ओर देखकर लड़कियों से कुछ कहा और तीनों ही हँस पड़ीं। जनार्दन ने भी तबियतदारी

दिखाई और मुसकरा दिया। कुसुम ने उसकी मुसकुराहट के जवाब में अपनी चप्पल की ओर इशारा कर दिया। बदले में जनार्दन ने अपने बटन होल का फूल निकालकर उस पर फेंक दिया। बस, अब कुसुम की बेइज़्ज़ती हो गई। उसने फूल उठा लिया और प्रिंसिपल के पास जाकर रिपोर्ट की। प्रिंसिपल ने उसकी शिकायत सुन दोनों लड़कियों की गवाही ली और जनार्दन को वर्ष भर के लिए कॉलेज से निकाल दिया। अब बताइए गोपी बाबू, इसमें किसका दोष था?''

''सरासर कसूर जनार्दन का है। कुसुम ने उसे चप्पल मारा तो था नहीं, केवल दिखला दिया था तब उसने फूल क्यों फेका?'' गोपी ने पूछा।

मुँह चिढ़ाता हुआ 'विमेनहेटर' बोला, ''तो जनार्दन ने भी तो केवल फूल ही फेंका था, कोई वज्र नहीं गिराया। गोपी बाबू, जब लड़कियाँ चमक-दमक, बनावट-सजावट, चलन और सभ्यता में यूरोप को आदर्श मानती है तो गौरव का इतना भारतीय भाव क्यों? आधा तीतर और आधा बटेर, यह तो अच्छा नहीं।''

अभी 'विमेनहेटर' की बात समाप्त भी न हो पाई थी कि उसके एक मित्र शर्मा ने कमरे में प्रवेश किया और कहा, ''यार, तुम यहाँ बैठे बहस कर रहे हो, वहाँ जनार्दन जा रहा है। उसका सामान इक्के पर रखा जा चुका।''

सभी लड़के जनार्दन से मिलने दौड़ पड़े। जनार्दन सीढ़ी उतर रहा था। रेंलिग पर से गोपी ने झुककर पूछा, ''कहो जनार्दन, क्या हाल है?''

जवाब में जनार्दन एक शेर पढ़ता हुआ नीचे उतर गया–

''जान तो कुछ गुज़र गई उस पर
मुँह छिपा के जो कोसता जाए।
लाश उट्ठेगी जबकि नाज़ के साथ
फेरकर मुँह वह मुसकरा जाए।''

सदा की भाँति 'विमेनहेटर' कक्षा में सबसे पीछे बैठा था। हिन्दी के अध्यापक 'कामायनी' पढ़ा रहे थे। उनके मुँह से निकला, ''नारी तुम केवल श्रद्धा हो' और तुरन्त ही 'विमेनहेटर' ने अपने मित्र शर्मा का हाथ

दबाकर बाहर निकल चलने का इशारा किया। दोनों बाहर निकल आए और कक्षा के पीछे उद्यान में चले गए। वहाँ जाते ही शर्मा ने पूछा, ''यार, तुम्हें औरतों से इतनी ज़्यादा चिढ़ क्यों है?''

उत्तर में 'विमेनहेटर' मुसकरा दिया। शर्मा ने फिर कहा, ''भाई, तुम्हारी मुसकराहट तो तुमसे भी अधिक रहस्यमयी है। फिर भी आज तुम्हें अपने इस स्वभाव का कारण मुझको बताना ही होगा।''

''वह बड़ी लम्बी कथा है, शर्मा जी!''

''संक्षेप में कहो।''

''बिना सुने तुम न मानोगे?''

''नहीं।''

''अच्छा तो फिर सुनो,'' 'विमेनहेटर' कहने लगा, ''मैं, गोपी, जनार्दन और कुसुम चारों ही एक मुहल्ले के अर्थात् चौखम्भा के रहनेवाले हैं। चौखम्भा बहुत बड़ा मुहल्ला है। इसलिए एक ही मुहल्ले में रहते हुए भी हम लोगों के घर एक-दूसरे के बहुत पास नहीं हैं। केवल मेरा और कुसुम का मकान एक-दूसरे से सटा हुआ है। मेरी और कुसुम की प्रारम्भिक शिक्षा एक साथ ही आरम्भ हुई। मैं स्कूल में भर्ती हुआ, वह कन्या-पाठशाला में। समय बीतता गया और हमारी मित्रता गाढ़ी होती गई। उस साल हम दोनों एक साथ हाई स्कूल परीक्षा में बैठे थे। परीक्षा के बाद गर्मी की छुट्टियाँ थीं। एक दिन शाम को टहलकर जब मैं घर वापस आया तो मेरी छोटी बहन दौड़ी हुई मेरे पास आई और बोली–

'भैया! मिठाई खाने को दो तो एक बात बताऊँ!'

'ना, न मैं मिठाई खिलाऊँगा और न तेरी बात सुनूँगा।'

'अच्छा मिठाई मत दो, बात तो सुन लो।'

'ना! मैं तेरी बात भी न सुनूँगा।'

''अपनी बहन को यही जवाब देकर मैं अपने कमरे में घुस गया। बाहर से ही बहन ने कहा, 'कुसुम के साथ आपका ब्याह होगा। कुसुम की माँ आई थीं।''

"जिस बात की आशा न थी, जिसके बारे में कभी कुछ सोचा तक न था वही बात सुनकर भी मुझे आश्चर्य न हुआ। मुझे ऐसा जान पड़ा जैसे मैं बहुत दिनों से कुसुम का पति हूँ और उस पर मेरा चिर अधिकार है। मैं यह भूल गया कि मैं कुरूप हूँ, मेरा रंग काला है, मेरी आँखें नीरस हैं और मेरी समूची बनावट बीभत्स है। मैं सुन्दरी कुसुम के योग्य नहीं।

"रात बीत गई, प्रभात हुआ। मैं अपनी छत पर से डाँककर कुसुम की छत पर पहुँचा। कुसुम भी अभी-अभी सोकर उठी थी। प्राची का अरुण सौन्दर्य उसके कोमल कपोलों पर अनुराग बनकर नृत्य कर रहा था। अलसाई आँखों में जैसे शत-शत बसन्त की मधुमाया लहरा रही थी। मैंने उससे कहा, 'कुसुम मेरे साथ तुम्हारा विवाह होनेवाला है। तुम्हें स्वीकार है न?' कुसुम ने मार्मिक दृष्टि से देखते हुए उत्तर दिया, 'नहीं।'

'मैं तुम्हें प्यार करता हूँ।'

'मैं तुम्हारे प्यार को घृणा करती हूँ।'

'क्यों?'

'क्योंकि तुम असुन्दर हो।'

"यह सुनकर मैं ठहर न सका। घूमा, घूमकर सीधा भागता हुआ अपने कमरे में शीशे के सामने आकर खड़ा हो गया। मैंने देखा जैसे विश्व का समस्त असौन्दर्य मेरे शरीर में समाया हुआ है। जिस प्रकार सारस की ग्रीवा, बारहसिंहों की टाँगों, गधे की मूर्खता और अन्य पशुओं की विभिन्न कुरूपताओं की समष्टि ऊँट है, वैसे ही मनुष्यों में मैं हूँ। सच कहता हूँ भाई, मेरी कुरूपता ने जैसी पीड़ा मुझे दी वैसी किसी ने किसी को भी न दी होगी। उसी दिन से यह समझकर कि सौन्दर्य की अधिकारिणी स्त्रियाँ हैं, उनसे मुझे घोर घृणा हो गई। इसके बाद कुसुम के यहाँ मेरा जाना छूटा और गोपी का बढ़ा। गत वर्ष मैंने सुना कि कुसुम की शादी जनार्दन से होनेवाली है, किन्तु उस पर गोपी का असाधारण अधिकार है। उसी के कहने से उस दिन कुसुम ने जनार्दन को कॉलेज से निकलवा दिया, इसलिए कि वह कुसुम के माँ-बाप की दृष्टि में गिर जाए।"

रघुवीर की बातें अभी समाप्त भी न हो पाई थीं कि किसी की पगध्वनि सुन पड़ी। दोनों ने घूमकर देखा कि कुसुम आ रही है। कुसुम ने वहाँ आकर अपना हाथ रघुवीर के कन्धे पर रख दिया। शर्मा धीरे से टल गया।

कुसुम का हाथ कन्धे पर पड़ते ही रघुवीर चौंका जैसे बिजली का करेंट छू गया हो। वह भागना चाहता था कि कुसुम ने उसके कुरते का छोर पकड़ लिया।

"तुमसे मैं बात नहीं करना चाहता, मुझे छोड़ दो, " रघुवीर ने गरजकर कहा।

"तुम पुरुष हो, बली हो, छुड़ा लो।"

"तो तू नहीं मानेगी, बेहया!" 'विमेनहेटर' ने करारा धक्का दिया। कुसुम गिरते-गिरते बची। उसे धक्का देकर ज्यों ही वह घूमा कि प्राक्टर मिस्टर सिन्हा खड़े दिखाई पड़े। उन्होंने पूछा, "क्या बात है?" रघुवीर चुप हो गया। प्राक्टर ने कुसुम से कहा, "चलो, रिपोर्ट करो। इसने क्या किया है?"

"कुछ नहीं," कुसुम ने कहा।

"इसने तुम्हें धक्का देकर गिराया है," प्राक्टर बोले।

"कहाँ, वह तो मेरी धोती मेरे पैरों में फँस गई थी।"

सिन्हा मुसकराते हुए चले गए। 'विमेनहेटर' सिर नीचा किए खड़ा रहा, बोला, "कुसुम! तुम रिपोर्ट करो।"

"नहीं!"

"क्यों?"

"वैसे ही।"

"मैं तुमसे घृणा करता हूँ।"

"मैं तुम्हारी घृणा को प्यार करती हूँ।"

घंटा बजा। लड़के कक्षा से गुनगुनाते हुए निकल पड़े—"नारी, तुम केवल श्रद्धा हो!"

मृषा न होइ देव-रिसि बानी

नगवा घाट पर बैठे सुक्खू ने स्वच्छ जल से धोकर सिल-लोढ़ा खड़ा कर दिया और उस पर नारियल की खोपड़ी से दूधिया भाँग गिराता हुआ वह चिल्लाया–"लेना हो बाबा भोलेनाथ!" पानी में छटक पड़ी साबुन की बट्टी खोजने के लिए उसके साथी झींगुर ने उस समय गोता लगा रखा था। वह भी पानी के भीतर से विजयामन्त्र पढ़ता हुआ बाहर निकला और मन्त्र के शेष भाग की पूर्ति करता हुआ-सा चिल्लाया–"जो विजया की निन्दा करे उसे खाय कालिका माई!" और फिर सुक्खू की ओर घूमकर उसने पूछा, "का भाई सुक्खू, माल तैयार हो गयल?"

"मसाला तऽ कब्बै से तैयार हौ। देखीं, तोहैं साफा पानी से कब छुट्टी मिलऽला?"

"हम्में त तनिक देर लगी, भाई!"

"अच्छा, तऽ तोहार हिस्सा रखके हम आपन पी जात हई।"

झींगुर ने सिर हिलाकर स्वीकृति दी और सुक्खू ने नारियल में भाँग भरकर पीने की तैयारी की। वह नारियल में मुँह लगाने ही जा रहा था कि पीछे से आवाज़ आई, "क्या बच्चा, अकेले-ही-अकेले?"

सुक्खू ने घूमकर देखा कि एक बाबाजी की भव्यमूर्ति पीछे खड़ी बत्तीसी चमकाते हुए उसकी ओर याचना की मुद्रा से देख रही थी। बाबाजी के शरीर पर चौंगानुमा अलफी झूल रही थी। उनके एक हाथ में लकड़ी

का कमंडल और दूसरे में सिन्दूर-चर्चित लोहे का त्रिशूल था। सिर पर लम्बे मटीले केश और नाभि तक झूलती दाढ़ी भी। उनकी इस अद्‌भुत मूर्ति का प्रभाव सुक्खू पर पड़ा और उसने कहा, "सब आपै लोगन कऽत माया हौ, गुरुजी! आपकऽ अस्थान कहाँ हौ, महाराज?"

"साधू तो रमते राम हैं, बेटा! उनका बँधके स्थान कहाँ! बाबा कबीरदास ने कहा है--

"साधू बहता नीर भल,
जो नहिं सिन्धु समाय।
अचल होय पायर बने
या गड़ही है जाय।"

साधू का कथन अभी समाप्त नहीं हो पाया था कि झींगुर ने पत्थर पर धोती पछारते हुए कहा, "का भाई, ई काबुली कौआ कहाँ से आयल?"

साधू ने 'काटखाऊँ' मुद्रा से झींगुर की ओर देखा, पर चुप रहा। उत्तर दिया सुक्खू ने--"तू कइसन बतियावत होअऽ, भाई झींगुर! महात्मा हौवन देखलन चल अइलन।"

साधू ने भी झींगुर की पूरी उपेक्षा कर सुक्खू से कहा, "बच्चा! देरी क्यों करता है? दे न!"

"लऽ बाबाजी! कमंडल में लेबऽ का?"

"हाँ, हाँ, दे-दे इसी में।"

बाबाजी ने कमंडल आगे बढ़ाया। सुक्खू ने थोड़ी-सी भाँग उसमें डाल दी। बाबाजी ने एक साँस में उसे सोखकर अलफी की जेब से पीतलमढ़ी लम्बी-सी एक चिलम और गाँजे की पोटली निकाली और उसमें से थोड़ा गाँजा निकाल हथेली पर मलने लगे। उधर झींगुर धोती सूखने के लिए फैलाकर वहाँ आया। उसने देखा कि भाँग बहुत थोड़ी बची है। उसने क्रोध से मुँह विकृत करते हुए कहा, "का सुक्खू, तोहऊँ मायाजाल में फँस गइलऽ!"

सुक्खू ने उत्तर दिया, "अरे भाई साधुन-महातमन के देके तबै परसाद लेवै के चाही।"

"अच्छा ढेर ग्यान जिन छाँटऽ। अइसन तोता-रटन्त साधू हम बहुत देखले हई, साधू कऽ सकल अइसनै होला?"

बाबाजी गाँजा मलकर सुलफ़ा सुलगा चुके थे। जल्दी-जल्दी दो-चार दम लगाकर उन्होंने लाल-लाल आँखों से झींगुर को घूरा। झींगुर ने उनकी आँखों से आँखें मिलाते हुए कहा, "बनर-घुड़की जिन देखावऽ बाबाजी, नाहीं त अच्छा न होई।"

"तेरा नास हो जाएगा," बाबाजी शाप देने की मुद्रा में गुर्राए।

"जबान सँभाल के बोलऽ," झींगुर ने गरम होकर कहा।

"साधू का अपमान करता है? तेरा ना-ना-ना-ना-नास हो जाएगा," बाबाजी ने हकलाते हुए कहा।

"फिर अपनै बुँकले जालऽ! बड़का बाबा कनके आल हौ। जानत नहीं कि 'कासी के कंकर सिवसंकर समान' हैं। अइसे सराप से हम नाहीं डेराइत।"

"तू क्या चीज़ है बे छोकड़े! सराप से तो बड़े-बड़े काँप जाते हैं। सुना नहीं है कि गीताजी में क्या लिखा है–'मृषा न होइ देव-रिसि बानी'।"

"बहुत देखले हई हो।"

"कुछ नहीं देखा है। देखना है तो देख सामने रामनगर की ओर। देख, कैसा होता है साधू का सराप!"

साधू की अँगुली के साथ ही झींगुर की दृष्टि गंगा-पार सामने की ओर घूम गई। समूचा किला दीपावली मनाता हुआ आलोक-स्नान कर रहा था। कार्तिक कृष्ण अष्टमी की सन्ध्या थी। पश्चिम में अग्निगोल तिरोहित हो चुका था, परन्तु पूर्व में अभी स्वर्णगोलक की रेखा भी प्रकट न हो पाई थी। गोधूलि समाप्त होते-होते अन्धकार छा गया। उस काली पृष्ठभूमि में प्रकाशोज्ज्वल किला उस चित्र के समान दिखाई पड़ रहा था जिसमें कृष्ण केशों की व्यापक सघनता में चित्रकार ने किसी सुन्दरी के चन्द्रमुख का आलेखन किया हो। झींगुर की बहस की प्रवृत्ति शान्त हो चुकी थी। वह मन्त्रमुग्ध किले की ओर देखता रहा। बाबाजी के होंठों पर

भी मुसकान की क्षीण रेखा खिंच गई जिससे उनका रूप कुछ और आदर्शनीय हो उठा।

परन्तु बाबाजी की इस मुसकान पर सुक्खू की श्रद्धा और भी बढ़ गई। उसने परम विनीत स्वर से पूछा, ''साधू के सराप और किला से का मतलब, महाराज?''

''मतलब बहुत है, बच्चा? तेरे में सरधा है, मैं तुझे सारा मतलब बताए देता हूँ। राजा चेतसिंह का नाम सुना है, बच्चा?''

''हाँ बाबाजी, महाराज बरवंडसिंह कऽ लड़िका नऽ? खूब जानीला, ई का अगवैं ओनकर किला हौ।''

''तू तो बहुत ज्ञानी है, बेटा! हाँ, तो चेतसिंह की बात है। वह जब काशी-नरेश रहे तो काशी में उस बखत एक बहुत बड़े सिद्ध का निवास रहा, बेटा!''

''के गुरुजी!'' सुक्खू ने हाथ जोड़कर पूछा।

''बाबा कीनाराम।''

''बाबा कीनाराम?'' सुक्खू ने विस्मय-मिश्रित हर्ष से कहा, ''बाबा कीनाराम के हम खूब जानीला, गुरुजी! ओनकर बनावल भजन हमार माई आज तक गावला। हाँ तऽ महाराज का भयल?''

''तो बेटा, उसी किले के नीचे राज चेतसिंह एक दिन टहल रहे थे। उधर से रमते जोगी बाबा कीनाराम आ निकले। राजा ने उनको देख तेरे इसी साथी की तरह अभिमान में भरकर उन्हें नमस्कार तक न किया। बाबाजी भी रुक गए। सन्तों को अभिमान कहाँ, बेटा! जैसे मैंने अपने से आकर तुझसे याचना की वैसे ही उन्होंने राजा से कहा, 'राजा! भूख लगी है।' राजा ने घृणा-भरी मुसकान से उनकी ओर देखा और कहा, 'ठहरो, खाना मँगाता हूँ।' राजा ने अपने एक कर्मचारी की ओर इशारा किया। वह कर्मचारी का कायस्थ, बहुत चतुर। समझा न बेटा?''

बेटा सुक्खू बाबा की बात बड़े भक्तिभाव से सुन रहा था। उसने मूल-मूल समझा था। शास्त्र की उलझन उसकी समझ में न आई थी। पर उसने सिर झुकाकर कहा, ''हाँ महाराज, समुझ गइली।''

"कुछ नहीं समझा बेटा, समझने की बात तो अब आगे आएगी, समझ। कर्मचारी ने हाथ जोड़कर राजा से कहा, 'सरकार, बाबा से वैर न करो।' पर सरकार ने उसकी बात नहीं मानी। कहा, 'हम भी छत्री, बाबा भी छत्री। लेकिन हम राजा, वह भिखारी। उसने हमें सलाम क्यों नहीं किया?'

"राम राम, राजा कऽई बुद्धी!" सुक्खू ने विनीत निवेदन किया।

"हाँ बेटा! यही बात है। सूरदास ने भी कहा है—'समय चूकि पुनि का पछिताने।' सो कर्मचारी ने फिर कहा, 'अच्छा, तो फिर हमें बाबाजी के लिए भोजन लाने का हुक्म हो।' राजा ने कहा—'हाँ जाओ, ले आओ। देखो, किले के उधर दोपहर कहीं से एक लाश आकर किनारे लग गई है। बहुत दुर्गन्ध है उसमें। उसे डोमड़ों से उठवा मँगाओ।"

"अरे!" विस्मय से सुक्खू का मुँह खुल गया और मिनट-भर खुला ही रहा।

बाबाजी पूर्ववत मुसकराए और कहने लगे, "तो उस कर्मचारी ने कहा, 'सरकार सूली दे दें, पर ऐसा काम मुझसे न होगा।' बाबा कीनाराम खड़े सब सुन रहे थे। उन्होंने कहा, 'सदानन्द, यह जैसा कहता है, करो। अपने वंश में सदा आनन्द नाम रखना, आनन्द रहेगा।' सदानन्द ने भी तुरन्त वह मुरदा उठवा मँगाया। राजा ने बाबाजी से कहा, 'भोग लगाइए।' सारे पार्षद और कर्मचारी मुँह फेरकर खड़े हो गए। राजा ने डाँटा। तब सब सामने देखने लगे। बाबा ने अपना दुपट्टा उतारकर मुरदे पर डाल दिया। पाँच मिनट बाद सदानन्द से कहा, 'दुपट्टा उठाओ।' सदानन्द काँपते पैरों से आगे बढ़े। उन्होंने काँपते हाथों से आँख मूँदकर कपड़ा उठा लिया। जयकारा सुनकर जब उन्होंने आँखें खोलीं तो क्या देखा, बोल!" बाबाजी ने डपटकर सुक्खू से पूछा।

सुक्खू सकपका गया। उसने सोचा कि क्या कहें! फिर ख़्याल आया कि राजा की करनी पर बाबा को क्रोध आया ही होगा। सो उसने धीरे से कहा, "मुरदवा अजगर बन गइल होई!"

''थोड़ा-सा चूक गया, बेटा!'' बाबाजी ने स्नेहसिक्त अट्टहास करते हुए कहा, ''अजगर नहीं बना, बेटा! पकवान बन गया, पकवान! लड्डू, पेड़ा, बरफी, जलेबी, इमरती, मोहनभोग।'' कहते-कहते बाबाजी हाँफ गए। परन्तु बात जारी रखी। उन्होंने कहा, ''बाबा का चमत्कार देख राजा की आँखें खुल गईं। वह घबराकर पैर पर गिर पड़ा।'' परन्तु बाबा ने कहा, 'नहीं, अब तुम राजा नहीं रह सकते। और जानते हो, तुम्हें गद्दी से कौन उतारेगा? यही सदानन्द।' राजा थरथरा गया, बेटा! बड़ी विनती की। तब बाबा पसीज गए। उन्होंने कहा, 'तुम्हें तो गद्दी से उतना ही पड़ेगा। हाँ, तेरी विनती पर मैं प्रसन्न होकर कहता हूँ कि तेरे बाद तेरा यह राज खंडित रूप में तेरे प्रतापी पिता के वंशधरों को मिलेगा। छह पीढ़ी तक राज्य करने के बाद तब तेरे राज्य का विलय होगा।''

श्रद्धाविभोर सुक्खू अभी विलय का अर्थ भी नहीं समझ पाया था और न यह पूछ पाया था कि इससे किले की सजावट का क्या सम्बन्ध, कि झींगुर ने हँसकर कहा, ''नसा जोर कइले हो का, बाबाजी?'' और बाबाजी ने उसकी ओर फिर घूरकर देखा। झींगुर हँसता ही रहा।

जिस समय बाबाजी ने झींगुर का ध्यान किले की सजावट की ओर आकृष्ट किया तो कुछ देर तक झींगुर किले की ओर देखता और विचार करता रहा कि आज किले में यह सजावट कैसी है? बाबाजी के अट्टहास से उसका ध्यान भंग हुआ और उसके बाद उसने बाबाजी के मुँह से जो कुछ सुना वह उसके मन में जमा नहीं। उसने कौतुक अनुभव किया और हँसने लगा।

''लेकिन महाराज,'' सुक्खू ने पूछा, ''विलय माने का?''

इतने में कहीं से सीटी की ध्वनि आई। बाबाजी चौंक गए। उन्होंने उठते-उठते कहा, ''इसका माने यही कि आज चेतसिंह का राज्य समाप्त हो रहा है। दिल्ली की सरकार यह राज्य लखनऊ की सरकार को दे रही है। समझा बेटा?'' और बाबाजी क़दम बढ़ाकर चले। मोड़ घूमते ही उन्हें पुलिस के कुछ कर्मचारी और एक बड़े अफ़सर दिखाई पड़े। बाबाजी ने इधर-उधर देखकर फ़ौजी ढंग से अफ़सर को सलाम

किया। अफ़सर ने कहा, "कहो बाबाजी, तुम अपनी ड्यूटी तो बड़ी चौकसी से बजाते हो?"

"वह तो मैंने कह ही दिया है, हुजूर! मृषा न होइ देव-रिसि बानी। हुजूर से क्या छिपा है?" बाबाजी ने कहा।

"इसीलिए तो कहता हूँ," अफ़सर ने कहा, "मुझसे सचमुच कुछ नहीं छिपा है। तो वहाँ गाँजा-भाँग पीकर जो कुछ बक रहे थे वह सरासर बेहूदी बात थी। क़ायदे के खिलाफ़ काम की सज़ा जानते हो?"

"जब हुजूर कहते हैं तो ठीक ही होगा। मृषा न होइ देव-रिसि बानी, सीताराम, सीताराम!" बाबाजी ने ज़ोर से कहा और उसी समय दो-तीन आदमी मोड़ घूमकर आते दिखाई पड़े। अफ़सर भी खुर्राट जमादार की चतुराई पर मुसकराता हुआ आगे बढ़ गया।

उधर झींगुर ने बाबा की बात सुनते ही सुक्खू से सहसा पूछा, "का हो, आज 15 तारीख त नाहीं न हौ?"

"का जानी भाई! पनरह तारीक के का हौ?"

"तू सुक्खू नाही बुद्धू हौआ, "झींगुर ने मुसकराकर कहा। सुक्खू भी बिना कुछ समझे ही हँसने लगा।

किले की ओर बड़ी तीव्र उल्लास-ध्वनि हुई। झींगुर भी उसी ओर ताकने लगा। वह एक कमरे की ओर, जिसे महाराज के कमरे के नाम से जानता था, एकटक निहारता खड़ा रहा। सहसा उसने देखा कि कमरे की खिड़की में कोई आकर खड़ा हो गया है। झींगुर ने निगाह जमाकर देखा और तब अपने साथी से बोला–

"अरे, सामने महाराज हौअन, हरहर महादेव कहेके चाही।" लेकिन झींगुर ने कुछ सोचकर कहा, "जब राजै नहीं रह गयल तब...?"

"तब तोहार कपार!" झींगुर ने सुक्खू से कहा, "राज नहीं रह गयल तब ऊ राजौ नाहीं रह गइलन का? मन्दिर टूट गयल तऽ का भगवानौ गायब हो गइलने? तूं चुप रहऽ!" और स्वयं वह खिड़की की ओर मुँह उठाकर ज़ोर से चिल्लाया–"हर-हर महादेव!"

सारी रंग डारी लाल-लाल

1

गुलाबबाड़ी की गुलाबी महफ़िल में गुलाबी परिच्छेद और गुलाब के ही गहने पहनकर गुलशन, गुलबदन और गुलबहार ने अपने कोकिल-कंठ से बसन्तराग में गलेबाज़ी का वह गुल खिलाया कि श्रोताओं की मंडली बुलबुल बन बैठी।

ऊपर गुलाबी चँदवे से लटकते गुलाबी शीशे के झाड़-फ़ानूस से गुलाबी प्रकाश झलक रहा था और नीचे फ़र्श गुलाब की पंखरियों से ढँक-सा गया था। उस पर बैठे श्रोताओं की आँखें नैश जागरण और नशा-सेवन से लाल हो रही थी। उस पर गुलाबी वातावरण में 'सारी रंग डारी लाल-लाल' की टीप ने उनका रंग और भी गाढ़ा कर दिया। प्रभाती बयार में सूरखमुखी के गुच्छों की तरह उनके सिर हिलने लगे और मस्ती का समाँ ऐसा बँधा कि हिमालय के मुकुट की शोभा बढ़ानेवाले भारी-भरकम देवदारु के वृक्षों की भाँति वे बार-बार झूमने लगे। वे भौंरों की तरह गुनगुनाते रह गए—'सारी रंग डारी लाल-लाल।'

जाड़े के उतरते दिन थे, फिर भी सेठ देवीचरण ने साधारणतया चैत्र मास में होनेवाली गुलाबबाड़ी की महफ़िल बेमौसम ही जमा रखी थी। काले बाज़ार की बरकत से मुँह की लाली बची रह जाने का यह

स्वाभाविक परिणाम था। उनका दीवाला पिटने ही वाला था कि समय ने पलटा खाया और उनकी साख की जड़ ने सीधे शेषनाग के मस्तक पर जाकर आसन जमा लिया। इसी खुशी में चैती गुलाब फूलने की प्रतीक्षा न कर उन्होंने गुलाब के साधारण फूलों से ही गुलाबबाड़ी का आयोजन कर डाला, और इसके लिए उन्हें बहाना मिल गया अपने इकलौते बेटे लल्लन की वर्षगाँठ का। व्यापार के जंगली शिकारी ने एक ही ढेले से दो शिकार कर लिए।

2

जिस जवान बेटे की वर्षगाँठ के व्याज से बूढ़ा बाप महफ़िल सजाने का लड़कपन कर नगर के बाहर महुआहीड के बगीचे के बारहदरी में विलास का रास रचा रहा था वही बेटा उसी बगीचे के एक कोने में उपेक्षित खड़ी झोपड़ी की एक कुत्सित अन्धकारमयी कोठरी में अपने साईस सुलोचन के शिशु-पुत्र की परिचर्या के व्याज से बैठ अपने साथियों अर्थात् अपनी पार्टी के लाल सदस्यों के साथ उसी शाम हुई एक घटना की प्रतिक्रिया के सम्बन्ध में गूढ़ विचार कर रहा था।

घटना बहुत साधारण थी, परन्तु अपने अनोखेपन के कारण वह परम असाधारण बन बैठी थी। बात यह थी कि एक ऊँचे सरकारी अधिकारी की कम्युनिस्ट पुत्री को उसके कॉलेज के होस्टल में गिरफ्तार करने जाकर कोतवाल को बड़ी झक उठानी पड़ी थी। और जब कोतवाल ने उसे गिरफ्तार करने में किसी प्रकार सफलता पाई तो उक्त तरुणी ने उनके श्रम के पुरस्कारस्वरूप उन पर अपनी चप्पल फेंक दी। चप्पल कोतवाल को लगी या नहीं, यह किसी ने न देखा, लेकिन शहर में शोर मच गया कि एक तरुणी ने कोतवाल को चप्पलों से मारा। यह

समाचार प्रकाश में आते ही शहर-भर के कम्युनिस्ट सहसा अन्धकार में चले गए।

वे अँधेरे में छिपकर और छिटपुट गुट बनाकर मन्त्रणा करने लगे। लल्लन का कॉमरेड दल विचार कर रहा था कि कुल रात-भर की बात है, सवेरे घटना की प्रतिक्रिया स्पष्ट हो उठेगी, तब भावी कार्यक्रम बना लेना सरल होगा। लल्लन देख रहा था कि कम्युनिस्ट क्रीड़े में दीक्षित उसके वे छात्र साथी इस साधारण-सी घटना से ही भयभीत हो उठे हैं। वह उन्हें उत्साहित करने के लिए बोला, "साथियो, घबराना नहीं, मैं साल-दो-साल तक ज़रूरत पड़ने पर तुम्हें छिपाए रख सकता हूँ।"

उसकी बात काटकर एक लाल तरुण ने कहा, "साथी, तुम समझते हो कि हम डर रहे हैं? हरगिज़ नहीं, भय तो अज्ञान का परिणाम होता है।"

दूसरा बोला, "फ्रायड ने इसे सेक्स काम्प्लेक्स (यौन दुर्बलता) बताया है। हम लोग कमजोरी के शिकार कभी नहीं हो सकते।"

तीसरे लाल जवान ने कहा, "समाज में आज भी यह भीषण विषमता व्याप्त है, उसके मूल में भी यही भय की वृत्ति काम कर रही है।"

लल्लन ने समझ लिया कि उसके साथी आश्वस्त हैं और इसलिए वे अब बहस में रस ले रहे हैं। उसने बग़लवाली कोठरी की ओर देखा और धीरे से उठकर वह उसमें घुसा।

यह कोठरी ऐसी थी जिसमें एक छोटे दरवाज़े को छोड़कर वायु के प्रवेश के लिए दूसरा रन्ध्र तक न था। दिन में भी उसमें प्रकाश ले जाने की आवश्यकता पड़ती थी। लल्लन ने सिर झुकाकर कोठरी में प्रवेश किया। उसने घुसते ही देखा कि उसके पिता के मोटरचालक झींगुर की पत्नी सुधा सास के बच्चे को गोद में लिए कोने में जलते मन्द दीपक के प्रकाश में उसका मुँह बड़े ध्यान से देख रही है। उस धूमिल प्रकाश में सुधा के सुरुचि से सँवारे केशपाश के बीच ललाट से लेकर आधे सिर तक लिपटी सिन्दूर की मोटी रेखा चमक रही है। उसके कानों की लौ से लटकते लाल काँच-जड़े टप दीपक के लौ की तरह रह-रहकर हिल

उठते हैं। उसके शुभ्र परिधान ने कोठरी के कुत्सित वातावरण को भी जैसे ढँक रखा है।

लल्लन पैर दबाए खड़ा मिनट-भर सुधा को देखता रह गया। सुधा अब युवती नहीं रह गई थी, अर्थात् सैंतीस वर्षों तक निरन्तर दुनिया देख लेने के बाद नारी में युवती का अल्हड़पन नहीं रह जाता, समझदारी आ जाती है और समझदारी की प्रशंसा उसके प्रौढ़त्व पर निर्भर है। सुधा समझदार थी और वह स्नान से भीगी पतली साड़ी की तरह धीरे-धीरे कठिनाई से अपना यौवन-चीर उतारती जा रही थी, फिर भी वह किसी-किसी अंग में लिपटा ही रहता था।

वह सुन्दरी तो थी ही, शिक्षिता भी थी। आश्चर्य की बात तो यह थी कि उसने झींगुर जैसे परम असांस्कृतिक नामवाले एक अपढ़ और श्रमिक श्रेणी के व्यक्ति को पति रूप से कैसे वरण कर लिया! सील भरी उस गन्दी कोठरी में शुचिता की मूर्ति उस नारी को देखकर लल्लन के मुँह से लम्बी साँस निकल पड़ी।

उस शून्य और शान्त कोठरी में निःश्वास की ध्वनि धनुष-टंकार हो गई। सुधा ने चौंककर सिर उठाया। लल्लन को सामने खड़ा देख उसने कहा, "दवा तो कुछ भी असर नहीं कर रही है।"

लल्लन उसकी बात अनसुनी करता हुआ उसे एकटक देखता रहा। सुधा ने स्मितिपूर्वक पूछा, "क्या सोचते हो, लल्लन बाबू?"

"यही सोचता हूँ सुधा देवी, कि राजा से विवाह होने के बावजूद एक कंगाल के साथ दीनता और अभाव का यह कराहमय जीवन तुमने क्यों स्वीकार कर लिया? इतने ऊपर रहकर भी इतने नीचे क्यों उतर पड़ीं?"

"बहुत ऊपर जाने के लिए कभी-कभी बहुत नीचे आना पड़ता है लल्लन बाबू!"

"फिर भी?"

"लल्लन बाबू! आपने जो प्रश्न किया है उसका उत्तर कब किसने दिया है? कहना ही पड़े तो यही कह सकती हूँ कि राजा के समीप मेरा

कोई मूल्य न था। उसके यहाँ मैं काँच की माला थी—कोने में पड़ी, उपेक्षित। परन्तु जब भिखारी के हाथ लगी तो उसने मणिमाला की भाँति मुझे सिर पर स्थान दिया, अपने गले का हार बना लिया। बताइए, मैंने उन्नति की या अवनति?"

सुधा की गोद में पड़े बच्चे ने हिचकी ली, सुधा ने घबराकर कहा, "ग़रीब के बच्चे की जान बचाइए, लल्लन बाबू!"

बच्चे की हालत ख़राब होती जा रही थी। लल्लन ने भी परिस्थिति की गुरुता महसूस की। उसने सुधा से पूछा, "क्या झींगुर को डॉक्टर बुलाने नहीं भेजा?"

"भेज तो दिया है शाम ही से। इधर आधी रात बीत रही है। न जाने, क्यों नहीं लौटे?" सुधा ने जवाब दिया।

लल्लन ने कुछ सोचते हुए कहा, "वैसे तो झींगुर अपढ़ होते हुए भी समझदार है। ग़रीब भी है, फिर भी न जाने कैसे उसके संस्कार बुर्जुआ हो गए हैं, ग़रीबों से तुम्हारी-जैसी सहानुभूति और शोषण के प्रति तुम्हारे जैसा आक्रोश उसे कहाँ?"

सुधा को लल्लन की बात में चापलूसी की गन्ध लगी। उसने लल्लन की ओर मार्मिक दृष्टि से देखते हुए कहा, "बुर्जुआ संस्कार और प्रोलेटेरियट संस्कार में मुझे तो कुछ विशेष अन्तर नहीं दिखाई देता, लल्लन बाबू! एक में हृदय का योग आवश्यकता से अधिक है तो दूसरे में बुद्धि का। पहला स्वार्थ की अधिकता से चिपचिपा हो गया है तो दूसरा प्रतिहिंसा से रूखा। यही कारण है कि आप प्रोलेटेरियट संस्कार रखते हुए भी इस पीड़ित शिशु की उपेक्षा कर बहस में अधिक दिलचस्पी ले रहे हैं।"

लल्लन के मुँह पर जैसे तमाचा पड़ा। उसने तत्काल कहा, "मैं ही डॉक्टर को बुलाने जाता हूँ।"

सारी रंग डारी लाल-लाल

3

सेठ देवीचरण की बारहदरी में सर्दी भले गुलाबी हो गई हो, परन्तु सड़क पर चलनेवालों के लिए वह अब भी बहुत कड़ी थी। उस पर जिस समय लल्लन डॉक्टर बुलाने के लिए सड़क पर निकला उसी समय न जाने कहाँ से बादल का एक टुकड़ा भी आकाश में भटकता हुआ आ निकला। वह जैसे शून्य में अकेले भटकते-भटकते दुःखी होकर रो पड़ा और टपाटप बूँदें गिरने लगीं। अँधेरे में लल्लन ठोकर खाता हुआ बढ़ा जा रहा था। वह कटु स्वर में बड़बड़ा उठा—"पिताजी को मेरी वर्षगाँठ मनाने की जितनी चिन्ता है उतनी जाड़े की वर्षा में मेरे भीगने की नहीं।"

बेमौसम की इस वर्षा को लल्लन ने विष-दृष्टि से देखा। उसे अपने ऊपर यह आकाश का अत्याचार प्रतीत हुआ। उसने सोचा कि आकाश भी बहुत ऊँचा है न, इसके भी संस्कार बुर्जुआ ही दिखाई पड़ता है। और रसिकता पर वह मन-ही-मन हँस पड़ा। उसे ख़्याल आया कि यही रात आज मेरे पिता की बारहदरी में मधु की वर्षा कर रही है। वहाँ उच्छृंखल उल्लास की बाढ़ आ गई है। उस बाढ़ पर मदिरा की मादकता का फेन उतराया बहता जा रहा है। सौरभ की तरंगें उठ रही हैं और प्रगल्भ रस की धारा में उठती हुई भ्रूविलास की भँवर में भोग-लोलुप मन उभ-चुभ कर रहे हैं।

गली में उभरे पत्थर के एक टुकड़े से उसे ठोकर लगी। वह गिरते-गिरते बचा। उसे अपने पिता पर उत्तरोत्तर घृणा होती जा रही थी। अपने सारे कष्टों का दायित्व बाप के सिर रखते हुए वह सोच रहा था कि "बेचारे साईस का बच्चा बीमार है। उसकी स्त्री भी पितृ-गृह गई हुई है। बालक को कोई देखने-सुननेवाला नहीं और मेरे पिता हैं कि उसे ऐसी रात में भी छुट्टी नहीं देते। अपने विलास के सहयोगियों को लाने-ले जाने के लिए गाड़ी में जोत रखा है।"

उसे एक ठोकर और लगी और उसकी विचारधारा को भी। उसे झींगुर पर गुस्सा आया—"ऐसी रात में कम्बख़्त काहे का डॉक्टर खोजने

निकला होगा?" और झींगुर का ख़्याल आते ही उसे सुधा का ध्यान आ गया। उस रात की बात याद आई जब झींगुर सुधा को दरवाज़े पर खड़ी कर उसके पिता के पास न आकर उसी के पास आया था और सारी कथा सुनाकर उससे आश्रय की भिक्षा माँगी थी। उन दिनों लल्लन 'विमेनहेटर' के नाम से प्रसिद्ध था, परन्तु सुधा का मुख देखते ही उसका नारी-द्वेष न जाने कहाँ उड़ गया था! उसने तत्काल दोनों को आश्रय दे दिया...। उस घटना के तेईस वर्ष बाद आज वह पुनः सोचने लगा कि 'आख़िर सुधा ने झींगुर में देखा क्या?'

और डॉक्टर का मकान आ गया।

4

रात के चौथे पहर जब शीत की अधिकता बढ़ी तो सुधा की गोद में पड़े रुग्ण बालक को हिचकी आई और उसने दम तोड़ दिया। सुधा की आँखों में आँसू की दो बूँदें मृत शिशु के पीले चेहरे पर चू पड़ीं। उसने आँचल के छोर से तुरन्त अपनी आँखें पोंछ डाली और मृत शिशु को अपनी गोद से उतार भूमि पर पड़ी कन्था पर डाल दिया। कोठरी में हवा का तीखा झोंका आया और निष्प्रभ दीप एक बार फड़फड़ाकर बुझ गया। अन्धकार में एक नन्हे-से जीवन के अन्त के सामने सुधा अपने अन्धकारमय जीवन पर विद्युतदृष्टि डालने लगी।

वह सोचने लगी कि दुनिया समझती है कि मैं झींगुर के प्रेम में पड़कर गृह-त्यागिनी हो गई। उसे यह कौन बताए कि मेरे गृह-त्याग का कारण प्रेम नहीं था, उत्कट घृणा थी! और फिर भ्रमान्वित होने में अनजान दुनिया का क्या दोष? मैं भी तो, इसी भ्रम में कि मेरे पति मेरी सौत को प्यार करते हैं, एक कोयलेवाले की ओर आकृष्ट हो परिवार के मुँह पर कालिख लगाने के लिए तैयार हो गई थी और

पति के प्रति घृणा ने मुझे एक मोटर-चालक की अंकशायिनी बना दिया।

सुधा अपने जीवन का अतीत चलचित्र की भाँति देखने लगी। उसने देखा कि वह अपने पति रायसाहब साधूराम के कमरे में सफ़ाई कर रही है। शाम के सात बजे थे। उस समय नगर में बिजली नहीं लगी थी, बिजलीघर बन रहा था। रायसाहब की शैय्या के सिरहाने खिड़की के ठीक सामने मोमी शमादान जल रहा था। उसी समय उसकी सौत ने पति के तरुण मोटर-चालक झींगुर को कोई चीज़ ले आने के लिए उसी कमरे में भेजा। झींगुर वहाँ आकर माँगी हुई वस्तु खोजने लगा। आज ही की तरह उस दिन भी हवा का करारा झोंका आया। उस झोंके से कमरे का दरवाज़ा बन्द हो गया, शमादान भी बुझ गया। उसने जब रोशनी लाने के लिए बाहर निकलने का प्रयत्न किया तो टेबल से टकराकर वह पति की शय्या पर गिर पड़ी। क्षणभर का भी विलम्ब न हुआ था कि दरवाज़ा खुला और रायसाहब ने कमरे में प्रवेश किया और यह पूछते हुए कि कौन है, उन्होंने टार्च का बटन दबा दिया। कमरे में उज्ज्वल प्रकाश फैल गया। रायसाहब ने देखा कि सुधा शय्या पर से उठ रही है और पायताने घबराई मुद्रा में उनका मोटर-चालक झींगुर खड़ा है। यह दृश्य देख रायसाहब निर्विकार भाव से हँसे और कमरे का दरवाज़ा पूर्ववत बन्द करते हुए बाहर निकल गए।

सुधा सोचने लगी कि यदि अपने मन के भ्रमवश रायसाहब ने उसे दो तमाचे लगा दिए होते या दस-पाँच ऊँची-नीची ही सुना दी होतीं तो शायद वह कुल-त्यागिनी न बनती, परन्तु रायसाहब के इस उपेक्षापूर्ण आचरण ने भली-भाँति प्रकट कर दिया कि उसके पत्नीत्व का मूल्य उसके पति की दृष्टि में कौड़ी-भर भी नहीं है। वह न उनके प्यार की वस्तु है और न उनके गौरव की। उसके किसी भी आचरण से उनका कुछ बनता-बिगड़ता नहीं। वह उनकी उपेक्षिता दासी-मात्र है। उसने उसी रात बारह बजे झींगुर के साथ गृह त्यागकर पति के उपेक्षा-रोग की

चिकित्सा करना निश्चित किया और परिणामस्वरूप स्वयं ही जीवनभर के लिए कलंक-व्याधि से ग्रस्त हो गई।

सुधा का मानव-मन्थन चल ही रहा था कि लल्लन ने कोठरी के द्वार से ही कहा, "सुधा देवी, हमारा डॉक्टर तो स्वयं बीमार पड़ गया है। अब सवेरा हो ही रहा है। दूसरा डॉक्टर बुलवाऊँगा।"

"अब डॉक्टर की ज़रूरत न पड़ेगी, लल्लन बाबू! कफ़न का बन्दोबस्त कीजिए। हाँ, यह बतलाइए कि कहीं उनका भी कुछ पता चला?" सुधा ने झींगुर के सम्बन्ध में चिन्तापूर्ण जिज्ञासा की।

"हाँ सुधा! अभी ऊपर से देखे चला आ रहा हूँ। पाजी महफ़िल में बैठा वेश्याओं से आँखें लड़ा रहा है। आख़िर तुमने उसे समझ क्या रखा था, सुधा?"

जागरण, अनाहार और श्रम से अवसन्न सुधा का मस्तिष्क लल्लन के स्वर में निहित व्यंग्य की झनकार से झनझना उठा। अपने स्पर्श से लोहे को भी पारस कर देने के उसके अभिमान को धक्का लगा। उसने जवाब दिया, "मैंने उसे अपनी सिद्धि का साधन समझा था, लल्लन बाबू! लेकिन उसने मेरी नाक काट ली।"

लल्लन खोखले गले से हँसा। सुधा क्षोभ से तिममिला उठी। उसने ताक पर रखा हँसिया टटोलकर उठा लिया और कोठरी के बाहर निकल वह बारहदरी की ओर झपटी। लल्लन ने पूछा, "उधर कहाँ जा रही हो, सुधा?"

"जा रही हूँ झींगुर ड्राइवर की नाक काटने," सुधा ने कहा। लल्लन भौंचक वहीं खड़ा रह गया।

जूतों के पास चौथी श्रेणी के दर्शकों में बैठा हुआ झींगुर भी गाना सुनकर मस्त हो गया था। जिधर वह बैठा था उसी ओर नाचते हुए मुँह कर गुलशन ने बड़ी ही मीठी टीप लड़ाई–"सारी रंग डारी लाल-लाल!"

झींगुर ने अपनी रागरंजित आँखें गुलशन की नशीली आँखों से मिला दीं और मुग्ध मुद्रा में ललकारा–"ज़रा भाव बता के बाई जी! कैसे रंग डारी लाल-लाल?"

गुलशन हाथों की पिचकारी बनाकर भाव बताने जा ही रही थी कि रणचंडी की हुंकार-जैसी सुधा की मेघचन्द्र ध्वनि ने समूची महफ़िल को चौंका दिया। वह चिल्लाकर कह रही थी–"ठहर जा, अभी बताती हूँ कैसे रंग डारी लाल-लाल!" और उछलकर उसने हँसिया से झींगुर की नाक पर वार किया। वार ओछा पड़ा, फिर भी नाक का कुछ हिस्सा कट ही गया। रक्त की धारा बह चली। झींगुर ने दुपट्टे से अपनी नाक दबा ली। सुधा ने अट्टहास किया। उसके अट्टहास से सेठ देवीचरण चैतन्य हुए। उन्होंने चिल्लाकर कहा, "निकालो इस हरामज़ादी वेश्या को बाहर, सिर पर सेर-भर सिन्दूर पोतकर सती बनने चली है!"

सुधा के सिर से उत्तेजना में आँचल हट गया था और माँग में सिन्दूर की मोटी रेखा चमक रही थी। उसने हँसिया वहीं फेंक दी और उछलकर सेठ के पास पहुँचकर उनकी बग़ल में रखा गुलाबपाश उठा उसने अपने सिर पर उँडेल लिया और हाथ से मल-मलकर सिन्दूर धोने लगी। सेठजी पर छींटा पड़ा तो वह उछले और सुधा की चोटी पकड़कर हिलाते हुए चिल्लाए–"निकल डायन! अभी निकल! ले जा अपने खसम को भी। उसकी इस महफ़िल में क्या ज़रूरत?"

सुधा ने सेठजी के सिर पर गुलाबपाश से तड़ातड़ सुरक्षित प्रहार करते हुए कहा, "छोड़-छोड़ चांडाल! महफ़िल का मज़ा अकेले तेरे ही लिए है? जीवनभर अन्याय-अत्याचार सहकर भी जिन्होंने कभी मुँह नहीं खोला, प्रेम करने की भूख में जिनका सारा जीवन कलंकित हो गया, क्या उनके लिए इस महफ़िल का मज़ा नहीं है? जो किसान हैं, मज़दूर हैं, कुली हैं, क्या उनके लिए यह महफ़िल नहीं? जिनके घर में सदा अभाव रहता है, जिन्हें पर्याप्त भोजन और काफ़ी वस्त्र तक नहीं प्राप्त होता, जो नक़ली इज़्ज़त के बोझ से दबे हुए खुलकर साँस तक नहीं ले पाते, जिन्हें तेरे जैसे सेठ मध्यवर्गीय कहते हैं, क्या उनके लिए इस महफ़िल का आनन्द नहीं? बोल बेईमान! बोल! इस गुलाबबाड़ी के गुलाबों का रूप-रस-गन्ध तेरे ही लिए है और उनके काँटे हमारे ही लिए? मैं तेरी इस महफ़िल में आग लगा दूँगी।"

प्रहार से घबराकर सेठजी ने सुधा के केश छोड़ दिए थे। उसने लपककर दीवारगीर उतार ली और उसका शीशा ज़मीन पर पटककर चूर-चूर करती हुई उसमें की मोमबत्ती दीवार पर टँगे रेशमी परदों में लगा दी।

झींगुर 'हा-हा' करता हुआ दौड़ा, परन्तु परदों में आग लग चुकी थी। झींगुर उत्तेजनावश पागल-सा हो गया। उसने तबलची की कमर में खोंसा हुआ हथौड़ा उठाकर सीधे सुधा के सिर पर जमा दिया। नारियल फूटने जैसी आवाज़ हुई और सुधा ज़मीन पर गिर पड़ी। झींगुर भी हथौड़ा फेंक कटे वृक्ष की तरह सुधा के निश्चेष्ट शरीर पर गिर पड़ा। हथौड़ा धमाके की ध्वनि के साथ हँसिया की बग़ल में जा गिरा।

बारहदरी जल रही थी। समूची महफ़िल भागकर आँगन में निकल आई। लोगों ने सुधा और झींगुर को भी खींचकर बाहर निकाल लिया। पुलिस और दमकलवाले भी पहुँच गए। सुधा तो न उठ सकी, परन्तु झींगुर उठकर बैठ गया। उसने देखा कि अरुणोदय की लालिमा, सिन्दूर की लालिमा, गुलाब के फूलों की लालिमा, आग की लालिमा, रक्त की लालिमा और पुलिस की लाल पगड़ी की लालिमा ने एक होकर उसकी लाल-लाल आँखों के सामने लाल सागर लहरा दिया है। लल्लन ने पूछा, "झींगुर, तुमने यह क्या किया?"

झींगुर ने रोते हुए ज़मीन पर पड़ी सुधा की ओर उँगली उठा दी और भर्राए हुए गले से उत्तर दिया, "सरकार! सारी रंग डारी लाल-लाल।"

□□□